I

Consacré en 201   s des
Français, Christi   3rive,
en Corrèze. Deu   andes
sagas populaires en plusieurs tomes (de *La Rivière Espérance*
aux *Messieurs de Grandval* en passant par *Les Vignes de Sainte-
Colombe*, Prix des Maisons de la Presse 1997) et celle des œuvres
plus intimistes, récits ou romans, tels que *Bonheurs d'enfance, La
Grande Île, Ils rêvaient des dimanches* ou *Pourquoi le ciel est bleu.*
Depuis trente ans, son succès ne se dément pas. Ses livres sont
traduits en quinze langues.

CHRISTIAN SIGNOL

L'École des beaux jours

ROMAN

ALBIN MICHEL

© Éditions Albin Michel, 2022.
ISBN : 978-2-253-24906-1 – 1re publication LGF

À Jacky, Évelyne, Michèle, Jean-Pierre,
qui l'ont tant aimée.

« Quelle est la première partie de la politique ? L'éducation. La seconde ? L'éducation. Et la troisième ? L'éducation. »

Jules MICHELET

« Ô vieilles pluies souvenez-vous d'Augustin Meaulnes, qui pénétrait en coup de vent et comme un prince dans l'école. »

René-Guy CADOU

PREMIÈRE ANNÉE

1

Ce premier jour où je suis monté dans les nuages à la découverte de ma future école, si l'on m'avait dit que je passerais en son sein plusieurs années, aurais-je fait demi-tour ? Je ne sais pas. Je m'interrogeais sur ce qui me valait une telle affectation, moi qui enseignais dans une petite bourgade de la plaine, au cœur des terres douces, des prairies baignées de rivières aux murmures paisibles. Peut-être la devais-je à une suggestion de l'inspecteur à l'issue d'une de ces journées d'animation pédagogique qui sont pour la grande Éducation nationale le moyen de régner sur celles et ceux qui sont censés la célébrer jusque dans ses mystères. Je rejoignais donc Saint-Julien, ce village improbable planté là-haut, sur un plateau perdu, où une lettre officielle m'invitait à me rendre, afin d'y instruire les enfants des hameaux gîtés dans les bois sombres où la route, ce jour-là, menaçait de se perdre.

Elle grimpait entre des châtaigniers séculaires, des chênes opulents, des hêtres magnifiques et des sapinières d'un vert profond, d'une froideur extrême, qui retenaient les nuages de leurs griffes acérées. À mi-pente, je faillis faire demi-tour. Quelle voix m'avait fait douter ? Peut-être celle de mes aïeux là-haut prisonniers des cimetières abandonnés, avant que les survivants ne descendent de ces nuages où notre famille vivait depuis des siècles afin de s'installer dans une ville de la vallée – bien modeste au demeurant – pour une existence enfin délivrée des travaux harassants de la terre et de la forêt.

La création d'un artisanat avait permis à mes grands-parents et à mes parents de bénéficier du progrès qui avait jailli des Trente Glorieuses, et, pour moi, de mener à bien de brèves études auxquelles ni mon père ni ma mère n'avaient eu droit. Après une licence de lettres et deux ans d'IUFM, j'étais donc devenu professeur des écoles à un poste provisoire dans un bourg de la plaine, tandis que Justine, ma compagne, exerçait à proximité. Tout allait bien en somme, jusqu'à ce jour, où, insulté par un gamin, je n'avais pu retenir ma main qui, au demeurant, l'avait simplement effleuré. Ce crime perpétré à l'encontre du fils d'un potentat local ne pouvait rester impuni, mais j'avais décidé de l'ignorer.

Huit jours plus tard, j'avais été invité par l'inspecteur à faire des excuses non seulement aux parents mais aussi à l'enfant. J'avais refusé et je pensais en toute bonne foi que l'incident en resterait là. Mais pouvait-on reculer devant un petit professeur des écoles d'ailleurs pas très bien noté à cause de son indocilité face aux directives élaborées par les brillants esprits qui hantent les ministères ? L'inspecteur m'avait informé que mon poste allait être rendu à son titulaire de retour de congé maladie, et qu'il serait judicieux, peut-être, pour moi, de prendre un peu de distance avec les puissances locales, et donc d'explorer ailleurs les différents attraits de ma profession. Cette suggestion m'avait paru raisonnable, et c'est ainsi que ma liste de vœux avait imprudemment laissé apparaître le poste vacant du village de Saint-Julien.

Je n'avais pas bien mesuré les risques, malgré les réserves de Justine, ma compagne, qui exerçait dans la ville voisine comme infirmière à l'hôpital et ne se voyait pas vivre trop loin de son lieu de travail. J'avais mésestimé le fait que je n'étais pas très bien noté à cause de mon incapacité à remplir les innombrables formulaires de statistiques ou à les renvoyer dans les délais ; plus sûrement à ne pas scrupuleusement respecter les consignes de sécurité de plus en plus contraignantes, depuis que l'on nous enseignait que le terrorisme de ce début de siècle menaçait aussi les recoins les plus inaccessibles de notre pays.

Mon esprit indolent et confiant avait tendance à s'en remettre à la raison et à la mesure, ayant été jusqu'à ce jour bien servi par le sort – du moins était-ce ainsi que je considérais le fait d'avoir trouvé un travail facilement et, de surcroît, une jeune compagne qui m'avait accepté tel que j'étais : un jeune homme sans ambition avouée, seulement soucieux d'un bien-être que sa profession autorisait, se satisfaisant du revenu que l'État voulait bien lui verser, pourvu qu'il pût passer ses journées face à des enfants parmi lesquels il se comptait, parfois, en oubliant qu'il approchait de la trentaine et qu'il convenait enfin de grandir.

Pas très bien noté, donc, avec très peu d'ancienneté, et pas de soutien au sein de la commission chargée des affectations, j'avais hérité du poste vacant de

Saint-Julien où m'étaient confiés les enfants du cycle des consolidations, c'est-à-dire les élèves des CM1 et CM2, moi qui n'avais jusqu'à ce jour enseigné que les apprentissages fondamentaux – les CP, CE1 et CE2. Cette classe s'intégrait dans le cadre d'un « regroupement pédagogique intercommunal dispersé » tel qu'il avait été conçu pour maintenir une école dans des villages dont les effectifs auraient dû provoquer la fermeture pure et simple. Si je ne voulais pas vivre dans le ressentiment, il était préférable de considérer comme une opportunité d'enrichissement personnel ce voyage vers un plateau où je finis par déboucher, en cette fin du mois d'août, entre des bois touffus et de rares pâtures où paissaient quelques vaches résignées à leur sort.

2

Une petite pluie fine noyait le paysage que la proximité de l'automne n'avait pas encore embrasé. Le gris des toits d'ardoises ou de lauzes assombrissait les murs de pierres pourtant légèrement rosés, et nulle silhouette ne parcourait la rue principale où je dus chercher la mairie-école où madame la maire m'avait donné rendez-vous. Trois ou quatre commerces survivaient à proximité de la place centrale où trônait une église au clocher en peigne, encore plus grise que les toits. La vitrine des autres boutiques abandonnées révélait une ancienne vie épuisée par les années d'exode d'une population attirée ailleurs par de plus vives lumières.

L'école, elle, était bizarrement absente de ce centre ancien. Avait-elle été engloutie par la forêt environnante, comme ces eaux en crue qui, parfois, envahissent inexorablement les terres trop basses ? Cette idée ridicule ne me parut pas sur le coup réellement stupide, tellement la présence des arbres enrobait le village d'un vert oppressant, vivifié par la pluie. Je marchai un moment au hasard dans une ruelle perpendiculaire qui semblait ne mener nulle part, puis je fis demi-tour, espérant me renseigner auprès d'une âme charitable, si toutefois il s'en trouvait une pour errer dans ces rues abandonnées des hommes, au cœur des bois où des troncs de résineux et de feuillus semblaient échoués pour toujours, eux aussi, au bord des routes.

Découragé, je finis par descendre la rue principale inclinée vers un vallon qui, en bas, paraissait s'ouvrir sur un univers plus accueillant. Des maisons en pierre de taille l'escortaient, sans la moindre ouverture digne de ce nom : on comprenait qu'il s'agissait ici de se protéger des intempéries de l'hiver, et que les fenêtres étaient d'une dimension adaptée à la sévérité des saisons battues par le vent.

Une femme âgée sortit devant moi, munie d'un cabas de toile bleue. Elle était coiffée d'un fichu antique, d'une blouse noire et d'une sorte de pèlerine qui recouvrait de maigres épaules, mais son regard était vif, bleuté, et pas du tout apeuré par mon insolite présence. Elle s'arrêta face à moi, attendant l'explication qu'exigeait une curiosité au demeurant bien naturelle.

— Je suis le nouveau... maître d'école, dis-je avec le plus d'humilité possible.

J'avais hésité sur le mot « professeur », et j'y avais renoncé. Elle me dévisagea un instant, jugeant de la crédibilité de cette affirmation, mais elle ne parut pas convaincue :

— Vous êtes bien jeune, décréta-t-elle sans la moindre indulgence.

— J'enseigne déjà depuis trois ans, répondis-je, avec le sentiment d'une écrasante culpabilité.

Un nouvel examen lui fut nécessaire, avant qu'elle ne demande, ayant finalement accepté de me croire :

— C'est vous le remplaçant de M. Clergeot ?

— Oui, je crois.

— Vous croyez ou vous êtes sûr ?

— Je ne connaissais pas son nom.

Un nouveau regard, encore plus incisif, me cloua sur place.

— Et vous cherchez l'école, bien sûr ! fit-elle avec commisération.

— Oui. S'il vous plaît.

— Elle se trouve là-bas, en bas, juste après le virage.

Je m'inclinai respectueusement en la remerciant :

— Merci, madame ! C'est très aimable à vous.

Elle me jeta un dernier regard soupçonneux, comme si j'en avais trop fait, puis elle s'éloigna en trottinant vers l'un des commerces que j'avais vus ouverts, plus haut, près de l'église. Quant à moi, je revins à ma voiture avant de descendre vers le virage indiqué, en me demandant si je n'avais pas été la victime d'une apparition surgie d'un passé obscur, vaguement légendaire.

Le bâtiment massif de la mairie-école se trouvait effectivement sur la droite, un peu en retrait de la route, de l'autre côté d'un petit parking où était garé un gros quatre-quatre Range Rover, qui me fit redouter que madame la maire eût délégué le rendez-vous à un adjoint tout droit sorti de la forêt, un homme pour qui l'instruction des enfants du plateau devait être le dernier des soucis. Le bâtiment central de deux étages était épaulé par deux ailes plus petites qui avaient été d'évidence deux salles de classe. Une seule avait dû survivre aujourd'hui. Celle de gauche ou celle de droite? Rien ne pouvait me le révéler, leur aspect extérieur étant le même, et je dus convenir que cela n'avait guère d'importance. Sur le fronton figurait en lettres majuscules l'inscription magnifique «ÉCOLE DE FILLES ET DE GARÇONS. RÉPUBLIQUE FRANÇAISE. 1886». Je me garai en soupirant, et, après avoir pris mon élan, courus vers la porte centrale de la mairie, un maigre dossier en carton au-dessus de ma tête en guise de parapluie.

Je n'eus même pas à sonner ou à frapper, car la porte s'ouvrit comme d'elle-même, tirée par une femme souriante, qui me dit en me tendant une main franche et décidée:

— Je vous attendais. Vous êtes à l'heure, c'est bien. J'aime que l'on soit ponctuel.

Et, sans même me laisser le temps de répondre:

— Je suis Rose Clamadieu, la maire de Saint-Julien. Entrez donc, je vous prie!

— Nicolas Destivel, dis-je.

— Oui, je sais. La secrétaire m'a prévenue.

Elle s'effaça pour me laisser passer, puis, d'un pas énergique elle me précéda vers une grande salle où trônait le portrait du président de la République en majesté. C'est ainsi que je fis connaissance avec une femme et avec un village auxquels j'allais m'attacher beaucoup plus qu'il n'eût été raisonnable, et que ma vie allait en être bouleversée.

3

Madame la maire de Saint-Julien était une femme de petite taille, avec des yeux verts, très vifs, des lèvres fines, des cheveux bruns rassemblés en chignon. Elle était vêtue d'un pantalon verdâtre à soufflets, comme ceux des militaires, d'un gros pull gris ras du cou d'où n'émergeait aucune chemise d'aspect féminin, et chaussée de bottes jusque sous les genoux. Elle devait approcher la cinquantaine, mais elle respirait la santé et l'énergie. Elle m'invita à m'asseoir face à elle, de l'autre côté d'une table de bois massif dont elle m'apprit qu'elle était celle où siégeait le conseil municipal.

— Alors, c'est vous ? fit-elle ensuite en souriant de nouveau, comme si ma présence l'amusait.

Avais-je été annoncé avec quelques réserves sur mon caractère indolent mais peu malléable ?

— C'est moi, comme vous dites, madame, mais peut-être attendiez-vous un maître plus expérimenté ?

— Pas du tout ! J'aime la jeunesse !

Elle eut un petit rire malicieux, rattacha une mèche de cheveux détachée par le vent et la pluie, puis elle reprit, paraissant pressée, soudain, d'une voix ferme :

— Je tenais à vous voir avant la rentrée pour vous

expliquer deux ou trois choses qui me semblent importantes.

— Je vous écoute, madame.

Et j'ajoutai aussitôt :

— Je ne sais pas s'il faut vous appeler madame le maire, ou madame la maire.

Elle eut un geste brusque des mains, comme pour balayer un obstacle sans importance.

— Appelez-moi Rose, dit-elle. Ça nous fera gagner du temps.

— Je vais essayer.

— Bien ! Voilà ce que je tenais à vous dire : vous savez que nous sommes ici en regroupement pédagogique intercommunal dispersé, et que le seuil minimal pour garder une école en activité est fixé à quinze élèves.

— Oui. Je le sais.

Elle se fit grave tout à coup, et reprit :

— Je me bats déjà depuis plus de dix ans pour garder en vie mon école, et nous sommes aujourd'hui dans un regroupement de trois écoles ouvertes dans trois villages : Saint-Julien, Saint-Paul et Puy-Lachaud, avec en tout quarante-cinq élèves. Vous me suivez ?

— Je vous écoute.

— Ce qui signifie que l'une des trois est menacée à plus ou moins longue échéance.

Elle s'arrêta un instant pour bien peser ses mots, reprit :

— Et ce ne sera pas la mienne.

Elle ajouta, comme j'attendais, muet, la suite qui ne tarda pas :

— Il n'en est pas question !

Elle me dévisagea, tenta de sourire mais n'y parvint pas.

— Vous savez pourquoi ?

— Je le devine.

— Non ! Vous ne pouvez pas le deviner, mais je vais vous expliquer.

Elle attendit quelques secondes, murmura :

— Je n'ai pas pu avoir d'enfants. Mon mari est mort d'un infarctus foudroyant à trente ans, et… comment dire…

Elle hésita, ajouta :

— Aujourd'hui, à l'école, j'en ai quinze.

Elle soupira, demanda :

— Vous comprenez ?

— Parfaitement, madame.

Elle feignit d'être irritée, reprit :

— Je vous ai dit de m'appeler Rose.

— Je vais essayer.

Elle s'ébroua, comme si cette confidence lui avait coûté, et elle poursuivit, chassant l'émotion qui, malgré ses efforts pour la dissimuler, l'avait envahie.

— Est-ce que je peux compter sur vous pour m'aider ?

— Vous le pouvez, madame, mais vous n'ignorez pas que je n'ai pas le droit d'intervenir en quoi que ce soit à ce sujet.

— Ce n'est pas ce que je vous demande. J'ai l'habitude de me battre au sein des commissions, auprès des élus et des fonctionnaires de l'État. Ce que je vous demande, seulement, c'est de vous montrer bienveillant avec les enfants et avec les parents. Il s'agit d'éviter qu'ils partent dans le privé, ou en ville, ou je ne sais où.

— J'ai toujours aimé les enfants, parfois un peu moins les parents, mais je sais les ménager.

— Je l'espère. Je vous parlerai des gens d'ici un peu plus tard. Je vais vous faire visiter la salle de classe, un logement possible, si vous le souhaitez, et la cantine. Aujourd'hui je n'ai pas beaucoup de temps. Mes hommes m'attendent sur une coupe.

Elle se rendit compte que je ne comprenais pas de quoi elle parlait.

— J'ai une équipe de débardeurs forestiers. On coupe et on achemine les grumes au bord des routes. Des douglas, des épicéas, davantage de résineux que de feuillus.

Elle ajouta, comme je lui paraissais sans doute étonné :

— J'ai pris la suite de mon mari, tout simplement.

Elle haussa les épaules, conclut :

— Il le fallait bien.

Elle me précéda d'un pas énergique vers la salle de classe où, dès l'entrée, je remarquai le tableau numérique accroché au mur, relié à un ordinateur et à un vidéoprojecteur qui avouaient déjà un peu d'âge. Elle me les désigna fièrement en disant :

— J'ai été la première à en obtenir dans le cadre d'un projet éducatif il y a six ans.

— Six ans ?

— Oui. Vous n'en aviez pas, vous, dans votre classe ?

— Si. Bien sûr !

— Et vous pensiez qu'ils n'avaient pas eu le temps d'arriver jusqu'ici ?

— Je ne suis sûr de rien, vous savez, sinon que

l'Éducation nationale peut mettre les moyens, mais uniquement quand c'est elle qui le décide.

Elle sourit, n'insista pas, me désigna les tables doubles aux sièges fixes qui devaient accueillir mes quinze élèves ; les livres, les cahiers, les murs où des tableaux montraient toutes sortes d'animaux ou des paysages, et elle conclut en disant :

— Les cartes Vidal-Lablache ont disparu depuis longtemps.

— Je ne les ai pas connues, dis-je.

— Oui, c'est vrai, vous êtes né en 1987.

— C'est exact. Vous êtes bien renseignée.

Elle sourit de nouveau mais ne répondit pas. Elle me désigna l'ancien poêle à bois dont le tuyau faisait un angle droit avant de pénétrer dans le mur, et elle dit aussitôt, comme pour me rassurer :

— On ne l'utilise plus : on chauffe au mazout. Mais j'ai préféré le laisser en place.

Et, se retournant vers moi comme pour se justifier :

— Enfant, je m'en suis servie, vous savez. Je l'ai allumé bien souvent le matin.

Je me fis la réflexion qu'elle était peut-être plus âgée que je ne le pensais, mais il était plus probable que l'on avait eu du mal à renoncer au bois, dans ces lieux peuplés de forêts.

Sans plus s'attarder, elle ouvrit une porte, emprunta un escalier recouvert d'une sorte de linoléum bleu-gris qui montait vers l'appartement de l'étage, où, de nouveau, elle me précéda en disant :

— Je peux vous le louer pour un loyer modique, en tout cas bien inférieur aux prix qui se pratiquent en ville. Deux chambres, un petit salon, un bureau, et une salle de bains – avec douche évidemment. Chauffage au mazout, comme en bas.

Et, comme sous le coup d'une pensée subite :

— Vous n'êtes pas marié ?

— Non.

J'ajoutai, comme elle n'osait pas poser la question qui lui brûlait les lèvres :

— J'ai une compagne. Elle est infirmière à l'hôpital.

— Elle va habiter ici, avec vous, n'est-ce pas ?

— Je pense.

J'hésitai une seconde avant d'ajouter :

— J'espère.

— Vous n'en êtes pas sûr ?

— Peut-on toujours être sûr des réactions d'une jeune femme d'aujourd'hui ?

Elle me dévisagea, plissant les paupières comme pour mieux évaluer ce que cachaient ces propos.

— Elle a toujours vécu en ville, dis-je.

— Oui ! Je comprends.

Et, prise d'une réflexion soudaine :

— On aurait pourtant bien besoin d'une infirmière, ici.

Elle poursuivit en riant :

— Et on aurait bien besoin de jeunes couples qui fassent des enfants. Ça nous aiderait pour l'école.

Elle comprit qu'elle allait peut-être un peu loin, détourna la tête, puis ajouta :

— On en reparlera !

Je ne répondis pas. J'avais l'impression d'être emporté dans une sorte d'ouragan qui ne cessa pas, une fois dans la cour, lorsqu'elle me conduisit vers l'ancienne deuxième salle de classe qui servait de cantine aujourd'hui. Il n'y avait là que trois tables près d'une cuisinière, d'un four à micro-ondes et d'un lave-vaisselle flambant neuf.

— C'est Virginie, une employée municipale, qui s'en occupe. Elle fait réchauffer les plateaux-repas qui nous sont livrés tout prêts.

— Tous les élèves mangent là ?

— Seulement ceux qui arrivent et repartent par le bus scolaire.

Elle réfléchit un instant, reprit :

— Ils sont douze. Trois, seulement, rentrent chez eux à midi. Je suppose que vous déjeunerez vous aussi avec eux. Virginie est capable de tout gérer, mais ce serait mieux, non ?

— Je prendrai mes repas de midi avec eux, mais vous n'ignorez pas que je ne peux assumer la responsabilité des enfants dans une cantine.

— Oui, je sais. Je vous remercie.

Et, comme si elle était attendue ailleurs :

— C'est très aimable à vous d'être venu. Si vous le voulez, je vous parlerai des parents et des gens du village la veille de la rentrée. Je suppose que vous serez là !

— Je compte m'installer au plus tard samedi.

— C'est parfait.

Elle quitta vivement la cantine, sortit, me serra la main et courut vers le Range Rover en lançant :

— Le soleil n'est pas loin. Ne vous inquiétez pas : il fait aussi beau ici que dans la vallée.

Elle s'installa dans la cabine et disparut presque à ma vue, à cause de sa petite taille. En passant devant moi, elle me fit un geste de la main, et elle s'éloigna dans une gerbe d'eau que j'évitai de justesse en

reculant d'un pas. Je me retrouvai seul, un peu abasourdi par la tempête qui venait de souffler, mais rassuré par cette femme si énergique qui, je le devinais,
ne me laisserait pas seul face aux difficultés.

4

Comme, de fait, le soleil perçait les nuages, je résolus de m'attarder dans le village en remontant vers la place de l'église pour m'en faire une idée plus précise, persuadé que je devrais passer à la question devant Justine dès mon retour. Deux ménagères sortaient avec le soleil revenu, et elles m'observèrent avec la même curiosité que la première, mais renoncèrent à m'interroger. Les toits me parurent moins gris, les murs moins ternes, et je pris soin de faire deux allers et retours, depuis les dernières maisons d'en haut jusqu'à celles qui se situaient à l'autre extrémité du village, plus loin que l'école.

Je me sentis alors paré pour affronter Justine que la perspective de quitter la vallée rendait ombrageuse. Je m'aperçus que les nuages avaient disparu, chassés par le vent d'ouest. Je repris la route qui m'avait hissé jusque-là, avec l'impression que ce n'était plus la même, soudain, et il se glissa en moi comme un regret à la pensée de m'éloigner du toit et des murs qui allaient désormais abriter ma vie.

Le soir même, contrairement à ce que je redoutais au terme de mon rapport, Justine ne se montra pas si hostile. Son visage brun eut une petite moue dubitative avant que sa bouche couleur cerise ne s'ouvre pour me dire :

— De toute façon, je faisais le trajet entre ton école et l'hôpital matin et soir. Alors, un peu plus ou un peu moins !

Je ne voulus pas lui cacher quoi que ce soit de ce qui l'attendait :

— Il doit y avoir un peu de neige, l'hiver.

— De la neige ? Sur les collines ? Elle ne doit pas tenir longtemps.

— C'est plus haut que de simples collines : un plateau, en fait.

— Si haut que ça ?

— Suffisamment pour qu'il y neige.

Elle haussa les épaules, et conclut :

— Tu m'achèteras des pneus ou des chaînes.

— Tout ce que tu voudras !

Mais pour ne pas concéder une rapide défaite, elle ajouta :

— Après tout, on n'est pas mariés, hein ! Si ça craint trop, ton village gaulois, il sera toujours temps d'aviser !

Puis elle reprit d'un air dégagé :

— Pas même pacsés ! Alors !

Je crus déceler dans ces mots l'ombre d'un reproche, mais ne relevai pas : c'était un sujet sur lequel il ne fallait pas s'étendre, mon indolence née d'une confiance maladive en la vie ayant résisté à toutes les tentatives pour amorcer les démarches nécessaires afin de modifier une situation qui me convenait parfaitement.

Lors de son jour de repos, elle tint cependant à faire une visite à Saint-Julien, en milieu d'après-midi. Heureusement, il faisait beau et les murs des maisons exhibaient leur gris rosé que le soleil prenait plaisir à éclairer. J'y vis un signe favorable et remerciai mentalement les dieux du ciel et de la forêt voisine. De fait, l'inspection des lieux et de notre possible logement dans l'école ne tourna pas à la catastrophe que je redoutais. Justine me donna son accord quand je l'informai que le montant du loyer serait de moitié inférieur aux prix qui se pratiquaient en ville. Elle me dit simplement, sur la route du retour, avec ce sourire qui me désarmait toujours :

— Faut-il quand même que je tienne à toi pour te suivre jusque dans les forêts de l'an mil !

Et elle ajouta, tandis que je balbutiais un remerciement, au demeurant sincère :

— J'ai toujours aimé les hommes des bois. Qui sait ? Peut-être en trouverai-je un, là-haut, encore plus néandertalien que toi. Je m'en réjouis à l'avance.

Ce fut tout, et je m'en félicitai : je m'en tirais à bon compte. Aussi ce fut sans la moindre appréhension que je déménageai nos affaires personnelles dans mon vieux Scenic transformé en break, le samedi suivant. Je les rangeai du mieux possible dans notre nouvel appartement que Justine ne rejoindrait que le lendemain soir, car elle était de service pendant tout le week-end. C'est là que madame la maire vint m'inviter à déjeuner le lendemain dans le petit restaurant de Saint-Julien, tenu par des gens du Nord, les Vercoutre, qu'elle-même avait fait venir trois années auparavant, afin de repeupler le village qui perdait son sang et ses enfants.

Elle avait fait quelques frais de toilette, madame la maire, abandonnant ses pantalons de brousse et son vieux pull pour une robe sobre, mais d'un beau bleu nuit qu'une ceinture à boucle dorée soulignait. Elle s'était maquillée avec soin, me sembla-t-il, et elle ne ressemblait plus à la femme des bois qui m'avait accueilli une semaine auparavant pour m'éclairer sur ma nouvelle vie.

Elle me présenta les Vercoutre et leurs deux enfants : Anaëlle et Joris, qui tous quatre avaient gardé l'accent chtimi malgré leurs efforts pour s'en débarrasser. Le père était un homme chauve, aux grands yeux bleus, et la mère était blonde, forte, avec des bras énormes qui portaient sans peine dans la salle les plats que son époux préparait dans la cuisine refaite à neuf à l'occasion de leur arrivée.

— Le restaurant était fermé depuis deux ans quand je les ai fait venir, me confia Rose. C'est difficile pour eux de retrouver une vraie clientèle, mais je les loge gratuitement.

Effectivement, deux autres tables étaient occupées par des gens d'âge mûr, visiblement, qui trouvaient dans cette sortie du dimanche de quoi agrémenter une vie devenue sans doute plus solitaire qu'elle n'avait jamais été.

— La semaine, me dit Rose, il y a davantage de monde, car ils servent des menus ouvriers à douze euros.

Et, satisfaite de ce constat, elle commanda pour nous une entrée de pâté de sanglier, plus deux pigeons rôtis aux petits pois, spécialité de M. Vercoutre.

— Vous verrez, me dit-elle avec un sourire satisfait, c'est un délice.

Puis, avec gravité, dans l'instant qui suivit :

— Alors ? Comment vous trouvez-vous chez nous ?

— Je ne suis là que depuis hier.

Les yeux verts de madame la maire trahissaient malgré elle un peu d'inquiétude.

— Et votre amie ? Comment se prénomme-t-elle, déjà ? Vous me l'avez dit, mais je ne m'en souviens plus.

— Justine.

— Oui, Justine. L'appartement lui plaît ?

— Elle ne viendra que ce soir. Elle est de service aujourd'hui.

— Elle est courageuse.

— Oui. On peut dire ça.

— Et vous croyez que…

Elle se tut, n'osant poursuivre, mais je compris qu'elle se demandait si Justine s'habituerait.

— J'espère.

— Bon ! fit-elle changeant brusquement de sujet. Je vous ai invité pour vous expliquer qui sont les parents des enfants que vous verrez demain. Je suppose que ça vous intéresse ?

— Évidemment.

Elle s'interrompit le temps de laisser Mme Vercoutre nous servir le pâté qu'elle goûta avec satisfaction, puis elle se mit à me décrire les gens qui peuplaient Saint-Julien. Les Vercoutre, donc, mais aussi les Bassaler : Maurice et Jeanne qui tenaient l'épicerie-primeurs-dépôt de pain approchaient de l'âge de la retraite, et leurs enfants avaient depuis longtemps fui vers la ville ; les Sanfourche, bouchers-charcutiers, un peu moins âgés et qui survivaient surtout grâce aux tournées effectuées par le mari, Noël, secondé par sa femme Lucie au magasin.

Madame la maire me servit un verre du vin de Bordeaux qu'elle avait commandé en même temps que les pigeons et reprit, non sans malice :

— Nous avons aussi des néoruraux : les Teyssandier, venus d'Auvergne, qui sont des adeptes de la permaculture et des engrais naturels. Également des écologistes dont vous entendrez parler certainement, car ils ont un fils, Clément, dans votre classe, et ils font partie du conseil d'école.

Elle guetta de ma part une réaction qui ne vint pas, car je n'avais aucun a priori vis-à-vis de ceux qui cherchaient à glisser une peu d'originalité dans leur vie, à l'écart des chemins tracés.

— Et puis, poursuivit Rose, nous avons les Demongeot qui ont une fille, Clara, que vous verrez aussi à l'école. Lui est peintre et a exposé à Toulouse, je crois. Elle, Mathilde, fait partie de la troupe de théâtre du chef-lieu où elle se rend quasiment tous les jours…

Rose sourit d'un air entendu, ajouta :

— Des artistes.

— Il en faut, non ?

Elle hocha la tête, murmura, mais sans conviction :

— Bien sûr !

Une fois le pâté largement entamé, elle se jeta sur les pigeons avec un appétit qui me surprit chez une femme d'aussi petite corpulence, mais je compris que son énergie perpétuelle avait besoin de carburant. Elle savoura un moment en silence la viande tendre à souhait, et me dit d'un air faussement contrarié :

— Vous n'êtes pas bavard !

— Je vous écoute, madame.

Elle soupira.

— Décidément, vous ne vous résoudrez jamais à m'appeler Rose.

— J'ai bien peur que non : j'ai été élevé dans le respect des gens plus âgés que moi.

— Et vous pouvez me dire ce que font vos parents… ? Si ce n'est pas trop vous demander.

— Ils ont une entreprise de menuiserie.

— Ils travaillent le bois, donc ! s'exclama-t-elle avec une satisfaction évidente.

— Hélas ! Aujourd'hui davantage le PVC ou l'aluminium.

— Et ils le regrettent ?

— Autant que vous et moi.

Elle hocha la tête puis elle but la moitié d'un verre de vin, avant de reprendre d'une voix encore ombragée par ce regret :

— Mais vous savez, la commune de Saint-Julien, ce n'est pas que le village : il y a des fermes dans la forêt habitées par des hommes et des femmes qui sont à la fois éleveurs et forestiers. Et l'un de mes coupeurs, celui qui manœuvre la Timberjack, a un fils qui vient à l'école ici : il s'appelle Gabriel. C'est un enfant tout à fait étonnant, vous verrez.

Elle me parla ensuite des couples de retraités qui habitaient encore le village, de ceux des alentours, revenus dans des maisons de famille qu'ils avaient pu conserver au terme d'héritages le plus souvent compliqués, afin de goûter la délicieuse amertume des jeunesses perdues. Elle m'expliqua que le territoire de la commune de Saint-Julien était le plus étendu des trois villages du regroupement, puis elle reprit, alors que Mme Vercoutre nous apportait du fromage :

— Je vous ai dit l'essentiel, du moins je le pense. Le reste, vous le découvrirez tout seul.

— Est-ce que vous connaissez mes collègues, ceux ou celles qui font partie du conseil des maîtres du regroupement ?

— Simplement votre collègue de Saint-Paul : Marilyne. Je crois qu'elle vit avec un professeur du collège de Sédières. Je l'ai rencontrée à plusieurs reprises, parce que malgré les instructions de l'académie qui vous interdisent d'intervenir dans les projets de maintien ou non des écoles, elle défend la sienne vaillamment.

— Comme vous me suggérez de le faire ?

— Je vous l'ai déjà dit : je suis assez forte pour la défendre. Ce que je vous demande, c'est de ménager les parents. Le reste, je m'en charge.

— J'avais bien compris, Rose.

Elle sursauta, mais sourit, et, gênée soudain, détourna son regard.

— Je vous remercie, dis-je, pour cet excellent repas et la confiance que vous me manifestez.

Elle revint vers moi et, de nouveau maîtresse d'elle, reprit :

— Je n'interviendrai dans votre travail en aucune manière. Si vous avez besoin de moi, n'hésitez pas à prévenir la secrétaire de mairie qui vient deux fois par semaine, le mardi et le jeudi après-midi.

— Merci encore, mais nous n'avons pas parlé des activités périscolaires prévues par le ministère. Vous les avez mises en œuvre ici ?

— Oh ! Vous savez, aucun des maires du regroupement n'a les moyens de payer des intervenants. Tant qu'on ne nous y oblige pas, on s'en passe très bien, et personne ne s'en plaint.

Nous nous séparâmes, ce jour-là, après avoir savouré une délicieuse tarte aux pommes, bu deux cafés et félicité M. et Mme Vercoutre, qui nous raccompagnèrent jusqu'au Range de Rose, un monstre qui démarra, comme à son habitude, en soulevant une gerbe de boue.

5

Je redescendis vers l'école et poussai ma promenade un peu plus loin, jusqu'à pénétrer dans la forêt sur un chemin sablonneux, où m'envahit l'odeur de la mousse, des fougères et des champignons. L'ombre était douce sous les arbres, un air frais y circulait, et il me sembla que toute cette verdure me renvoyait l'écho des arbres et des prairies de la vallée. Allons ! je n'étais pas si loin, finalement ! Mais ici, pourtant, régnait un mystère plus subtil, une présence invisible et cependant perceptible à chaque pas, comme si des silhouettes allaient surgir, tout droit venues d'un temps très ancien pour témoigner d'une alliance éternelle entre les hommes et les arbres.

Le silence et la paix de ces lieux me rassérénèrent tout à fait : je finis par retourner sur mes pas, afin de préparer la rentrée du lendemain, le cycle des consolidations présentant des programmes différents de ceux auxquels j'étais habitué. Je m'y étais penché depuis la nouvelle de ma nomination, mais j'avais besoin de conforter en moi la certitude de maîtriser parfaitement l'enseignement nouveau dont j'étais désormais le passeur attitré. Et je m'y employai donc tout l'après-midi, cherchant à contrôler l'appréhension teintée d'une légère angoisse qui, malgré mes efforts, me saisissait chaque veille de rentrée.

Le soir, Justine arriva vers huit heures, épuisée par sa journée. J'avais pris le temps de préparer une salade de tomates et une omelette auxquelles elle fit honneur, mais c'est à peine si elle écouta le compte rendu de mon repas avec Rose.

— Tu l'appelles Rose ? s'étonna-t-elle seulement.

— Elle me l'a demandé, mais je n'y parviens pas.
Elle me taquina malicieusement :

— Elle te fait du charme ?

— Elle a plus de cinquante ans.

— Et alors ? Les hommes des bois n'y regardent pas d'aussi près, j'en suis sûre. Surtout les Néandertaliens de ton espèce.

Je compris que sa journée avait été rude, mais nous avions pris la résolution de ne pas nous poser de questions au sujet de nos métiers respectifs, afin de préserver nos soirées. Nous en parlions seulement si l'un d'entre nous en prenait l'initiative. Ce qu'elle fit ce soir-là, après un soupir qui lui fit briller les yeux et détourner la tête :

— J'en ai perdu un aujourd'hui. Et il n'avait pas cinquante ans, lui.

— Dans un hôpital, ça peut arriver, dis-je du bout des lèvres, en me rendant compte que le ton que j'employais n'était pas le bon.

— Il n'avait que vingt ans, dit-elle.

Ce fut tout, car elle se reprit aussitôt et proposa avec un sourire forcé, qui dissimula mal sa douleur :

— Si on allait essayer ce nouveau lit ? J'ai toujours rêvé de coucher avec un homme des bois !

Je fis de mon mieux pour lui faire oublier ces disparitions auxquelles elle ne pouvait s'habituer, étant d'une nature trop rebelle pour accepter que meurent des êtres trop jeunes. Puis, tandis qu'elle sombrait dans un sommeil salvateur, je me relevai pour revoir une nouvelle fois mes préparations de cours, et je me couchai bien après minuit. Je m'aperçus alors qu'elle n'avait fait aucun commentaire sur notre nouveau logement, ce qui me rassura. Elle n'avait jamais eu le goût de la propriété et du définitif, ayant toujours vécu dans le provisoire et avec des horaires qui lui laissaient peu de loisirs, en tout cas pas celui d'aménager à son goût un appartement où elle ne faisait que passer.

6

Le lendemain était le jour de prérentrée, et je fis connaissance avec mes deux collègues du RPI : Marilyne, donc, de Saint-Paul, et Sophie, de Puy-Lachaud. Elles me parurent tout à fait sympathiques et elles me transmirent les informations nécessaires au sujet des élèves que j'allais découvrir. Et d'abord Gabriel : un enfant original remarquablement mature et intelligent.

— Vous verrez, me dit Marilyne. Il est étonnant.

— Ce n'est pas du tout le cas de Léa, intervint Sophie.

— C'est-à-dire ?

— Autant ce garçon est brillant, autant la petite connaît des difficultés, ce qui inquiète beaucoup les parents.

— Quel genre de difficultés ? Vous pouvez préciser ?

— Elle aurait dû redoubler plusieurs fois mais les redoublements sont interdits, comme vous le savez. Alors on ne parle plus de redoublement mais de maintien un an de plus dans le cycle. Ça a été le cas l'an passé, mais sans véritable amélioration : elle suit comme elle peut.

— Et il y a d'autres enfants comme elle ?

— Oui, une autre, et c'est encore plus compliqué.

— C'est-à-dire ?

— Elle s'appelle Maélis et elle vient de Saint-Paul. Elle parle à peine, est très craintive, ne se lie pas aux autres enfants, et pourtant on sent chez elle une profonde intelligence.

Marilyne hésita, puis ajouta :

— Elle est atteinte d'une forme d'autisme.

Je fis remarquer aussitôt :

— Il y a des autistes Asperger. Fragiles, d'une extrême timidité mais d'une intelligence supérieure.

— Vous en avez rencontré ?

— Moi, non ! Mais ma collègue oui, et on en parlait souvent tous les deux.

— Ça ne vous inquiète donc pas ?

— Pas du tout.

Marilyne hocha la tête avec satisfaction, apparemment rassurée. Elle laissa passer quelques secondes, puis elle reprit :

— Il faut que je vous parle aussi d'un enfant qui n'est pas facile : il s'appelle Enzo. Il est originaire de la banlieue lyonnaise, et il a été placé chez les Dumoitier qui sont une famille d'accueil. Il a été enlevé à sa famille.

— Qui le maltraitait ?

— Oui... C'est un enfant difficile à maîtriser... parfois violent... Sans doute reproduit-il ce qu'il a subi.

— Il y a souvent un ou deux enfants de ce genre dans toutes les classes.

Je compris que mon calme et mon assurance la rassuraient. Nous parlâmes alors des autres élèves qui, pour la plupart, ne posaient pas de problèmes, puis du projet du RPI à établir. Enfin, Marilyne, qui dirigeait le conseil des maîtres, me transmit les livrets scolaires et les documents qui me seraient nécessaires. Ni elle ni

Sophie n'évoquèrent le risque de fermeture d'une de nos écoles. Nous nous séparâmes satisfaits en milieu d'après-midi et je regagnai ma salle de classe où je continuai de préparer la rentrée du lendemain jusqu'à l'arrivée de Justine. Ce soir-là, nous évitâmes de parler de notre journée et, après le repas, nous sortîmes pour aller marcher une petite heure dans la forêt.

Comme chaque veille de rentrée, je savais que je ne dormirais pas, ou peu, cette nuit-là. Ce fut le cas, ce qui provoqua les soupirs de Justine qui me dit, dans un demi-sommeil :

— Ce sont seulement des enfants, et ils ont plus peur que toi.

Je finis par m'assoupir vers trois heures du matin, et ce fut elle qui me réveilla à six, comme à son habitude. Il faisait beau, mais on sentait déjà dans l'air les pointes plus fraîches de l'automne. J'avais toujours aimé cette saison tendre du déclin de l'été, quand la chaleur des jours s'adoucit en langueurs lourdes du parfum des feuilles en fanaison. C'était comme un assentiment du monde à plus de sérénité, une sorte de paix naturelle, après la canicule et les orages de plus en plus nombreux.

Nous déjeunâmes face à la fenêtre ouverte par où nous parvenaient des chants d'oiseaux, des appels lointains de chiens devinant l'ouverture de la chasse prochaine. Justine souriait en me fixant de ses yeux malicieux, et finit par me dire après avoir bu une dernière gorgée d'un café qu'elle voulait corsé :

— Ne prends pas d'arme ! Ils n'en ont pas.

Elle m'embrassa tendrement avant de descendre et me fit un signe de la main avant de monter dans sa Renault bleue, qui disparut très vite au tournant de la route.

7

Descendu dans la salle de classe, je distribuai sur les tables les cahiers et les livres, réfléchis au placement des élèves de la première année, contrôlai le bon fonctionnement du tableau numérique, et ne cessai de vérifier que tout était bien en place, notamment le cahier d'appel, le cahier journal où figurait le programme de la journée, le cahier des préparations – plus détaillé que le précédent –, et les feuilles d'exercices. Quand ce fut terminé, je sortis afin d'accueillir les élèves censés arriver par le car de ramassage vers huit heures et quart.

Deux déjà se trouvaient là, alors que je ne les avais pas remarqués : Joris, le fils des restaurateurs, et Léa, la fillette en difficulté, une petite blonde aux yeux bleus, immenses, un peu ronde pour son âge, mais au sourire éclatant. Pourtant je compris en quelques minutes que quelque chose en elle trahissait une faille, notamment dans sa parole très lente, et pas très bien articulée. Je remis l'examen du problème à plus tard, car le bus venait de s'arrêter devant le portail, d'où jaillit le fameux Enzo en poussant des cris et je dus, dès ce premier instant, le ramener fermement à la raison, non en le menaçant, mais en le prenant vivement par le bras d'une poigne qui ne lui laissa pas le moindre doute sur ma détermination.

Ensuite, je fis connaissance avec tous ces enfants inconnus dont j'allais partager la vie, avec une émotion que je m'efforçai, comme chaque mois de septembre, de dissimuler soigneusement : Lucas, Thomas, Clara, Célia, Manon, Clément, Lisa, Kévin, Lola, Charline, Matéo ; et je n'eus aucun mal à repérer dans un coin de la cour la petite Maélis qui jetait à droite et à gauche des regards apeurés. Je me dirigeai vers elle, lui parlai avec douceur pendant un long moment en m'efforçant de lui sourire et de ne pas m'approcher trop près. Elle parut alors se détendre. C'était une enfant brune aux cheveux courts, très maigre, me sembla-t-il, avec des yeux d'un regard pénétrant, mais d'une extrême froideur. Je la tins à l'écart du prénommé Enzo qui faisait le tour de l'école en courant comme un cheval fou, mais sans crier à présent.

Puis je me retournai, et c'est alors que je vis apparaître, dans toute sa gloire enfantine, le prince libre qu'était Gabriel. À peine se montra-t-il que tous convergèrent vers lui, y compris Enzo, comme pour l'accueillir et, dès ce premier matin, se soumettre à sa domination paisible. C'était un garçon très grand pour son âge, avec un visage aigu mais aux traits fins, très brun, dont le regard portait loin et paraissait ne pas s'attarder sur ceux qui l'entouraient, comme s'il venait d'ailleurs : d'une contrée connue de lui seul. La forêt, sans doute, me dis-je, car il avait une feuille dans les cheveux, et des brindilles sur sa manche droite. Il marcha vers moi sans la moindre hésitation et me dit d'une voix bien posée, déjà mûre pour son âge :

— Bonjour, monsieur. Je m'appelle Gabriel. Je rentre chez moi tous les midis, mais je serai de retour à deux heures précises.

Je n'eus pas même le temps de lui répondre car cet enfant roi, d'une beauté sauvage, se détourna aussitôt, et retourna régner sur ses sujets avec une grâce et un naturel qui me convainquirent de n'avoir rien à redouter de lui. Manifestement, déjà, il se suffisait à lui-même. Il n'avait besoin de personne, et surtout pas de moi, mais il n'était pas hostile. Il était bienveillant, sans la moindre laideur ; il était ivre d'une liberté qui se manifesta dès ce premier matin, quand, au bout d'une heure seulement, il se leva, et d'une voix calme, sans une once d'une provocation, me dit :

— Monsieur, s'il vous plaît, il faut que je sorte.

Ce n'était pas l'heure de la récréation, mais je ne songeai pas une seconde à refuser, d'autant qu'il avait en quelques minutes résolu le problème d'arithmétique que j'avais soumis aux élèves de première année.

— Va ! lui dis-je, persuadé que nul, parmi les autres, ne songerait à l'imiter.

Il revint au bout de cinq minutes du même pas égal, et personne n'en parut étonné ou jaloux. Gabriel ! Je n'avais jamais connu un enfant pareil et pourtant j'en avais rencontré depuis ma première nomination ! Des timides, des coléreux, des souffrants, des fragiles, des complexés, des forts, des faibles, des émotifs, des surdoués, des caractériels, et aucun de ceux que je fis aligner devant la porte de la classe, ce matin-là, ne lui ressemblait.

Au cours de cette journée, j'avais prévu de tester la première et la deuxième année dans les deux principales matières incluses dans le cycle dont j'étais chargé : la résolution de problèmes d'arithmétique et l'orthographe. Les autres matières étaient l'éducation civique et morale, l'histoire, la géographie qui s'exerçait désormais presque uniquement par la cartographie dispensée par le vidéoprojecteur. Les sciences devaient faire l'objet d'un projet éducatif où je comptais étudier le sujet de l'exploitation des forêts et du développement durable. Je devais également enseigner une langue vivante qui serait l'anglais, puisque je la parlais moi-même après un long séjour au Canada à l'âge de vingt ans. Quant à l'éducation physique et sportive, je m'en chargerais également, grâce aux sorties pédestres que j'envisageais dans la forêt. Pour le reste, c'est-à-dire l'enseignement artistique, je comptais initier les enfants au théâtre – d'abord par le biais des récitations puis grâce à des petites saynètes – et à la peinture, dans laquelle j'avais fait des débuts pas très convaincants à l'âge de dix-huit ans, mais dont j'avais appris les bases.

Ces exercices du premier jour devaient me permettre d'effectuer une évaluation diagnostique afin d'identifier les difficultés des différents élèves et d'y apporter des réponses adaptées. Dès ce premier matin, je constatai que l'orthographe, malgré une préparation sur le vocabulaire, la syntaxe et la grammaire, était catastrophique, et pourtant je n'avais dicté que cinq lignes pour les élèves de première année et huit pour ceux qui étaient en seconde année. Même Gabriel trébuchait sur les accords des compléments d'objet, la terminaison des verbes, et certains mots d'usage pourtant familiers. Maélis, elle, était partie dans son monde et s'était arrêtée à la moitié du chemin. Les trois quarts des élèves avaient fait plus de dix fautes, alors que le problème d'arithmétique soumis aux uns et aux autres n'avait pas été résolu par plus de la moitié. Maélis avait écrit un seul chiffre au milieu de sa page, et c'était celui de la solution du problème. Pas une ligne de raisonnement, un chiffre seulement dont je ne pouvais savoir d'où il provenait et par quel cheminement de l'esprit elle l'avait trouvé.

C'est avec circonspection, un peu abattu, que je donnai l'autorisation de sortir en récréation vers dix heures et demie, et que j'accompagnai les enfants dans la cour commune des garçons et des filles. Je m'aperçus tout de suite que Maélis restait de nouveau à l'écart, appuyée dos contre le mur du préau, et je vins vers elle pour l'inviter à rejoindre les filles qui s'étaient rassemblées à l'opposé des garçons. D'un mouvement naturel je voulus m'approcher tout près d'elle, et elle eut alors un geste brusque de recul, tandis que ses yeux devenaient durs, d'une extrême violence. Elle avait projeté sa main droite, verticalement, au niveau de son visage, entre elle et moi, comme une lame, dans une sorte de frontière à ne pas franchir. Je n'avais jamais connu un tel geste de défense aussi dérisoire que terrifiant.

— Excuse-moi, dis-je.

Et je reculai vite d'un pas, tandis que ses yeux, peu à peu, se radoucissaient, la faisant retrouver son apparence habituelle, à la fois absente et d'une présence aiguë, douloureuse.

— N'aie pas peur, je ne m'approcherai plus, dis-je, me souvenant que dans la classe, sans que j'aie eu le temps d'intervenir, elle s'était assise d'elle-même seule, au fond, séparée du banc de devant par une table inoccupée.

Alors que j'hésitais, ne sachant comment la convaincre de se joindre aux autres filles, la petite

Léa, celle qui rencontrait de grosses difficultés – je venais de le vérifier en contrôlant sa dictée et le problème qu'elle n'avait pu résoudre –, s'approcha de moi, puis de Maélis, sans provoquer le moindre mouvement de recul de sa part. Elle se mit à lui parler, et Maélis lui répondit seulement avec la tête, mais sans crainte, me sembla-t-il. Rassuré, je me retournai et aperçus Gabriel qui nous observait. Il vint vers moi et me dit d'une voix assurée :

— Vous pouvez les laisser. Elles s'entendent bien.

— Merci, Gabriel.

— De rien.

Décidément, cette matinée me plongeait dans des abîmes de perplexité, et je me demandai comme j'allais pouvoir affronter des problèmes auxquels je n'avais jamais été confronté. Je n'étais pourtant pas au bout de mes surprises. Vers onze heures et demie, alors que je manipulais l'ordinateur relié au vidéoprojecteur, il tomba en panne brusquement. Tandis que je m'escrimais depuis dix minutes pour le remettre en marche, je sentis tout à coup une présence derrière moi, et découvris Maélis qui me montrait du doigt le clavier.

— Tu veux essayer ?

Elle hocha la tête et je lui fis place devant l'écran qu'elle manipula pendant à peine une minute avant que le tableau numérique ne s'allume de nouveau. Puis elle repartit vers sa place sans un mot, et sans provoquer le moindre étonnement chez les autres élèves, tandis que je demeurais stupéfait par le pouvoir de cette enfant qui paraissait habiter un autre monde mais maîtrisait parfaitement les lois de celui qui la terrorisait.

8

J'en étais encore là de mes découvertes quand il fut midi, et donc l'heure de se rendre à la cantine où je fis la connaissance de Virginie, une femme d'une cinquantaine d'années, de forte corpulence et à la jovialité chaleureuse. Sa présence me rassura : elle savait faire face à ses responsabilités et elle organisa parfaitement le repas des enfants qu'elle connaissait pour la plupart, et Maélis en particulier. Elle l'avait fait asseoir en bout de table, séparée d'une place des autres enfants, et dès qu'elle avait un moment, elle venait auprès d'elle en lui parlant doucement.

Pour ma part je m'étais assis à proximité d'Enzo, à la deuxième table, un peu à l'écart, de manière à le surveiller. Il faisait partie de ceux qui n'avaient pu résoudre le problème et il écrivait phonétiquement. Je savais que les CLIS, ces classes pour enfants inadaptés, venaient d'être remplacées par les ULIS : les unités localisées pour l'inclusion scolaire désormais chargées des élèves en difficulté, en liaison avec le système traditionnel. Mais elles venaient juste d'être décidées, et leur organisation restait à préciser.

De toute façon, je n'avais que trois élèves en difficulté sur quinze. De quoi aurais-je pu me plaindre ? Leur petit nombre me laissait le temps de me pencher sur chacun d'entre eux bien mieux que sur ceux de ma précédente classe qui en comptait vingt-deux. Et si Enzo, Maélis et Léa se trouvaient là aujourd'hui c'était parce que mes prédécesseurs avaient jugé qu'il devait en être ainsi – sans doute aussi parce que les parents refusaient souvent d'admettre que leurs enfants n'étaient pas tout à fait comme les autres, ou, peut-être, tout simplement, parce que les classes de CLIS se trouvaient trop loin de Saint-Julien pour être accessibles à ceux du plateau.

De temps en temps, je jetais un bref regard vers Maélis qui mangeait délicatement, avec des gestes précautionneux, et très lentement. Enzo, qui ne pouvait tenir en place, se leva à plusieurs reprises, jusqu'à ce que Virginie lui ordonne de ne plus bouger et il me parut lui obéir facilement. Il était probable qu'il n'avait jamais eu à faire face à une autorité, et sa manifestation, aujourd'hui, la mienne comme celle de Virginie, le désarmait – au moins provisoirement.

Ce qui fut le cas à la cantine, mais pas à la récréation de trois heures, l'après-midi, quand il chercha sans raison des noises à Clara, la fille des artistes, et la projeta à terre, la blessant légèrement au coude droit et au genou. Après avoir nettoyé les égratignures, je fis rentrer Enzo dans la salle de classe pour lui signifier que je ne tolérerais pas ce genre de comportement. Manifestement cet enfant était habitué à une certaine violence et elle lui paraissait naturelle. Il sembla étonné de mes remontrances et de mes menaces, que je conclus en lui disant :

— Si tu ne changes pas d'attitude, je ne pourrai pas te garder.

Je savais que je n'avais pas le pouvoir d'en décider, mais j'avais lu dans la circulaire de mise en place des ULIS qu'elles seraient ouvertes plus largement aux enfants en difficulté. Il m'appartenait de creuser la question le plus rapidement possible.

La suite de l'après-midi se passa sans autre incident, mais, au moment du départ du bus scolaire, je pris la précaution de parler au chauffeur – un employé communal de Saint-Paul – afin de le prévenir de l'agitation d'Enzo et de la vulnérabilité de Maélis.

— Ne vous inquiétez pas, me répondit-il, je les connais bien tous les deux, et je connais aussi leurs parents. Je les conduis en classe depuis deux ans.

Rassuré, je rentrai pour souffler un peu après cette journée éprouvante, et en faire le bilan. Puis je commençai à travailler sur le cahier journal du lendemain et sur les préparations qui y étaient associées. Il était presque six heures quand on frappa à la vitre de la porte d'entrée, où je vis apparaître un homme vêtu avec une certaine recherche : un élégant velours à fines côtes, une chemise rouge ornée d'une lavallière noire. Il était corpulent, presque chauve, avec des yeux verts très clairs, impressionnants.

Dès avant qu'il ne parle, je compris à qui j'avais affaire.

— Charles Demongeot, se présenta-t-il, sans me tendre une main, mais en restant à distance, au contraire, comme pour manifester sa réserve vis-à-vis d'un maître d'école qui avait failli à ses devoirs.

— Vous savez pourquoi je me trouve devant vous dès le premier soir, enchaîna-t-il.

J'avais prévu de recevoir les parents qui le désiraient dès qu'ils en feraient la demande dans le cahier de correspondance.

— Non, dis-je. Pas vraiment.

— Vous ignorez donc que ma fille Clara a été victime de violence dans la cour que vous êtes censé surveiller.

Pour une première journée, ça commençait bien.

— Et dès le premier jour, souligna le père de Clara, m'accablant davantage. Qu'est-ce que ce sera pendant l'année !

— Le jeune Enzo est un peu turbulent mais je le surveille, dis-je.

— Pas comme il le faudrait, apparemment.

— Je ne peux pas avoir l'œil en permanence sur chacun de mes élèves.

— Ah bon ! Et pourquoi ? Vous êtes débordé ?

Je ressentis dans cette remarque tout ce qu'elle contenait de mépris à l'égard d'un fonctionnaire qui passait sa vie en vacances, selon l'opinion unanimement répandue dans la population.

— Non, monsieur ! Je ne me sens pas débordé. C'est le jour de la rentrée et je prends la mesure des enfants qui me sont confiés. C'est bien naturel, non ?

Il me dévisagea avec une sorte de commisération qui me rendit furieux.

— Je vous prie de me laisser travailler. Parce que vous l'ignorez sans doute, mais les professeurs des écoles, le soir, préparent les cours du lendemain, et quelquefois jusqu'à minuit.

— La bonne blague! s'exclama-t-il, avec un ricanement qui faillit me faire bondir de derrière mon bureau.

Et il poursuivit, d'une voix froide :

— Ce que je puis vous dire, c'est que je ne tolérerai pas de voir revenir une nouvelle fois ma fille blessée. Il existe des écoles privées en ville où sa mère travaille. Elle peut très bien l'y conduire et la ramener. Tenez-vous-le pour dit.

Et, dès qu'il eut lancé cette flèche qu'il savait assassine, il fit volte-face et s'en alla, non sans maltraiter la porte, dont je crus que les carreaux allaient se briser.

Voilà qui commençait bien! Abasourdi, je me levai et sortis dans la cour pour faire quelques pas et tenter de réfléchir. J'avais parfois eu affaire à des parents contestataires ou agressifs, mais jamais le premier jour. Ils se manifestaient surtout lors du conseil d'école, rarement de façon aussi soudaine et désagréable. Je fus tenté d'aller trouver Rose, mais j'y renonçai, pour ne pas lui donner à croire que j'appelais à l'aide dès la première journée. Je résolus donc simplement de ne jamais quitter Enzo du regard, et délaissai la salle de classe pour monter à l'étage préparer notre repas du soir.

Justine arriva tellement secouée par ce qu'elle avait vécu – des blessés graves d'un accident de la circulation, dont deux enfants – que je décidai de ne pas lui raconter l'incident avec M. Demongeot qui, soudain, m'apparaissait tout à fait dérisoire par rapport à ce dont elle était témoin, elle, quotidiennement à l'hôpital.

— Tu sais, lui dis-je doucement, tu ne pourras pas tous les sauver.

— Je sais, me répondit-elle, mais ça n'empêche pas. Les enfants sont les enfants, et ils ne méritent pas de mourir.

Les miens étaient bien vivants. J'eus honte tout à coup de mes petits problèmes, mais ma colère ne fit qu'augmenter vis-à-vis d'un père qui se plaignait d'une égratignure – que j'avais nettoyée et aseptisée. Depuis quelques années, en cas de blessure grave, les maîtres devaient seulement prévenir les parents qui avaient l'obligation de venir chercher leur enfant pour le faire soigner. L'Éducation nationale se déchargeait ainsi d'une responsabilité qu'elle jugeait sans doute au-dessus de ses moyens en cas de contentieux.

Alors que nous nous apprêtions à dîner, j'entendis le Range de Rose se garer sous nos fenêtres, et je sortis à la rencontre de madame la maire qui, bien évidemment, avait reçu la visite du peintre et de son épouse comédienne.

— J'en ai pour une minute, me dit Rose. Vous savez pourquoi je suis là. Mais ne vous inquiétez pas ; je les ai calmés.

Et elle ajouta, sans me laisser le temps de répondre :

— Il faut les comprendre.

— Comprendre quoi ? dis-je, exaspéré.

— C'est leur enfant, et ils la protègent. Enfin, bon ! je m'occupe d'eux. Ils ne peuvent rien me refuser. Ne vous inquiétez pas.

— Je ne m'inquiète pas ; je suis seulement en colère.

— J'ai confiance en vous, et vous pouvez compter sur moi.

Elle me serra la main et repartit aussi vite qu'elle était arrivée. Une fois dans l'appartement, Justine ne me posa pas de questions : elle était tout entière absorbée par ses propres soucis. Nous dînâmes en silence, et nous allâmes nous allonger dans la chambre, toutes fenêtres ouvertes pour laisser entrer l'air frais que la proximité de l'automne dispensait agréablement depuis les arbres de la forêt voisine.

9

Au cours des jours qui suivirent, je retrouvai mes collègues du conseil des maîtres, afin d'harmoniser nos programmes et d'établir le projet du regroupement intercommunal. Cela se fit sans grande difficulté car Marilyne maîtrisait parfaitement le sujet. Nous en arrivâmes rapidement à parler des élèves, et je leur fis part de mon étonnement pour le retard que j'avais constaté chez quelques-uns. Marilyne et Sophie avaient rencontré les mêmes problèmes que moi avec Enzo, Maélis et Léa, et elles m'expliquèrent qu'elles s'étaient heurtées aux parents qui refusaient d'inscrire leurs enfants dans une CLIS, non seulement trop lointaine, mais également par crainte de les voir dévalorisés pour leur vie entière. Nous étudiâmes toutes les solutions possibles pour aider ces enfants, mais leur avenir nous parut bien compliqué s'ils ne bénéficiaient pas rapidement d'un enseignement adapté.

La première réunion du conseil d'école, fin septembre, fut autrement plus animée, du fait de la présence des parents, et, pour Saint-Julien, de M. et Mme Demongeot, les parents de Clara, et des Teyssandier, dont j'avais le fils Clément en première année.

Heureusement la présence énergique de Rose me permit de passer l'obstacle sans dégâts et sans que je parvienne à comprendre de quel pouvoir secret elle disposait. Il me fallut du temps pour deviner qu'elle favorisait les expositions du peintre et la tenue des pièces de théâtre de son épouse dans des salles municipales auprès de ses collègues maires, et qu'elle agissait auprès de la chambre d'agriculture afin d'obtenir dans les meilleurs délais pour les Teyssandier les subventions auxquelles ils pouvaient prétendre, et en particulier celles qui venaient de Bruxelles. Rien que de très naturel, au demeurant, en tout cas rien d'illégal. En somme, les néoruraux comme les habitants du bourg et des fermes environnantes savaient qu'ils pouvaient compter sur Rose et n'osaient s'opposer à son autorité.

Je le vérifiai donc encore une fois au cours de ce conseil d'école, ce qui me donna la sérénité qui m'avait fui pendant les premiers jours. Je pouvais désormais me consacrer aux enfants sans souci d'éventuelles perturbations extérieures, ce qui me permit de les connaître mieux, en particulier Gabriel, dont les facultés intellectuelles m'étonnaient. Je le retins un soir, alors qu'il s'apprêtait à s'enfuir vers son royaume, et je compris qu'il en était contrarié. Je lui demandai ce qu'il comptait faire plus tard, et il me répondit sans la moindre hésitation :

— Travailler en forêt.

— Comme ton père ?

— Oui. Mais travailler pour moi, avec mes propres Timberjack.

Depuis que Rose m'avait renseigné sur ce terme lors

de notre première rencontre, je savais qu'il s'agissait d'une énorme machine capable de couper et de dépecer les arbres en quelques minutes.

— Tu pourrais faire de longues études ; devenir par exemple médecin, ingénieur, professeur d'université, océanographe, voyager dans d'autres pays, connaître d'autres civilisations, découvrir le monde entier.

— Pourquoi ?

Le regard qu'il m'avait lancé au fur et à mesure que je parlais me fit prendre conscience du fait que je venais de me disqualifier à ses yeux.

— Pourquoi ? répéta-t-il.

Je n'eus pas la force de briser le rêve de cet enfant fou de liberté et dont l'univers ne se limitait à aucune des frontières que j'imaginais autour de lui. Je compris que son monde était plus grand que le mien, et je le laissai partir en disant, alors qu'il piaffait d'impatience :

— Tu as sans doute raison.

Il s'élança après un dernier regard accablé pour ce maître incapable de comprendre à quelle source pure il buvait, et dans quels espaces infinis il se mouvait, indifférent aux cantons rêvés du commun des mortels. Je renonçai dès ce jour-là à aller expliquer à ses parents qu'il méritait beaucoup mieux que leur propre existence. Gabriel l'eût pris, j'en étais certain, pour une impardonnable trahison.

Cette défaite ne me dissuada pas de demander une entrevue aux parents de Maélis, afin de mesurer s'ils avaient bien conscience de posséder une fille remarquablement intelligente, mais d'une vulnérabilité dangereuse pour elle. Ils ne répondirent pas à mes demandes de rencontre formulées sur le cahier de correspondance à deux reprises. J'étais donc contraint d'aller vers eux en me demandant s'ils savaient ce que signifiait le terme « autiste Asperger ». Je n'en étais pas persuadé, ce mercredi-là, en arrivant devant leur maison, à la sortie du village, que m'avait indiquée Marilyne. Une maison basse, couverte de lauzes, aux ouvertures étroites, avec une porte d'entrée munie d'un heurtoir à l'ancienne que j'actionnai par deux fois avec appréhension.

Une petite femme vêtue de noir m'ouvrit, me salua d'un sourire, et me demanda qui j'étais.

— Le maître d'école de Maélis, répondis-je, en constatant aussitôt que son visage se fermait, et qu'elle reculait d'un pas, comme pour fuir une menace.

— Mon mari n'est pas là, fit-elle hâtivement.

— Maélis non plus ?

— Là-haut, dans sa chambre.

— Est-ce que je peux entrer ?

Elle hésitait, et je crus deviner qu'elle avait peur d'apprendre que je ne voulais plus de sa fille.

— Il n'y a rien de grave, dis-je pour la rassurer. Ne vous inquiétez pas.

Elle consentit à s'effacer pour me laisser pénétrer dans un petit salon encombré d'ustensiles de couture, et notamment d'une machine à coudre à pédale dont je croyais qu'il n'en existait plus nulle part. C'était une femme brune aux yeux noirs, avec un début d'embonpoint, qui devait avoir plus de quarante ans, et je compris qu'elle avait eu Maélis assez tard. Elle ne me proposa pas de m'asseoir mais consentit à me répondre quand je lui demandai :

— Votre mari travaille ?

— Il est chauffeur poids lourd. Il récupère les grumes coupées par les forestiers au bord des routes et les transporte à la scierie.

Elle se balançait d'un pied sur l'autre, pas du tout rassurée par mon entrée en matière et ne me proposait toujours pas de m'asseoir.

— Vous savez, dis-je, vous avez une fille très intelligente.

Un faible sourire naquit sur ses lèvres, mais s'éteignit rapidement. Je poursuivis néanmoins :

— Mais elle est très fragile.

— On s'en occupe bien, répondit-elle aussitôt, dans un brusque réflexe de défense.

— J'en suis certain.

— Et on lui achète tout ce qu'il faut.

— J'en suis sûr également. Mais peut-être faudrait-il la faire voir à un spécialiste pour évaluer…

J'allais dire « son handicap », mais ce mot-là, heureusement, resta dans ma bouche au dernier moment.

— Pour l'aider à surmonter son émotivité, qui est grande, comme vous le savez.

— Elle pleure jamais.

— C'est vrai, mais elle a du mal à accepter le contact avec les autres enfants, et même avec moi.

— Elle se méfie, mais elle ne fait du mal à personne.

Je compris qu'elle avait décidé de mettre des mots simples sur un handicap pour elle incompréhensible, et que cette manière de faire la rassurait.

— Oui. C'est vrai.

Un long silence s'installa et je ne sus comment le rompre.

— Vous ne voulez pas la garder ? fit-elle brusquement, avec un désarroi douloureux.

— Mais si ! je vous l'ai déjà dit. Simplement, il faudrait l'aider à surmonter cette fragilité en la faisant suivre par un psychologue. Je peux m'en occuper, si vous le voulez.

Elle hésita, son expression devint encore plus alarmée, et elle répondit :

— J'en parlerai à mon mari, mais il ne voudra pas.

— Voulez-vous que je lui parle, moi ?

— Non ! Il ne faut pas.

— Pourquoi ?

Elle se ferma encore plus et répéta :

— Il ne voudra pas.

À cet instant, Maélis apparut dans l'escalier qui menait à l'étage où se trouvait sans doute sa chambre. En m'apercevant, elle eut une sorte de retrait du buste, se figea, mais ne fit pas demi-tour. Elle demeura immobile, intriguée par une présence dont elle ne s'expliquait pas la raison, vaguement hostile.

— Tout va bien, Maélis ? dis-je, ne sachant quel prétexte invoquer pour justifier mon apparition.

Elle hocha la tête, mais son regard demeura dur, et je compris que je devais m'en aller. Ne pouvant m'y résoudre, pourtant, je demandai :

— Tu lisais ?

— Non ! intervint sa mère. Elle a un ordinateur, une tablette et un téléphone portable.

J'eus du mal à le croire mais je dus me rendre à

l'évidence, quand sa mère, sans doute pour démontrer à quel point sa fille bénéficiait de toutes les innovations, me proposa :

— Vous voulez voir ?

Je devinai que cette question dissimulait une immense fierté et cherchait à montrer à quel point Maélis était choyée par ses parents. À cet instant, pourtant, la petite remonta d'une marche et s'immobilisa au milieu de l'escalier, comme pour interdire le passage.

— Non ! dis-je. Je vous crois, et je vous félicite de ce que vous faites pour elle.

Comment insister après cette découverte si surprenante ? Tous les moyens de communication modernes étaient dissimulés dans cette maison étroite et noire, et pourtant ouverte sur le monde entier pour le bien d'une enfant surdouée ! Décontenancé, je pris congé en félicitant de nouveau la mère et en me promettant, à l'avenir, de ne pas concevoir le moindre préjugé vis-à-vis des parents. Je me promis également de revenir à la charge avant la fin de l'année, dès que j'aurais établi des liens de confiance avec Maélis – du moins pouvais-je l'espérer.

10

La semaine suivante, je reçus M. et Mme Teyssandier, qui m'avaient demandé rendez-vous sur le cahier de correspondance, et dont j'avais fait connaissance lors de l'installation du conseil d'école. Ils avaient tous deux une trentaine d'années et désiraient m'entretenir de leur fils Clément, un très bon élève à qui, quelques jours auparavant, j'avais prédit un avenir brillant, lors d'un aparté pendant une récréation. C'était un enfant timide, mais calme et réfléchi, d'une richesse intérieure qui n'apparaissait que rarement, car il se manifestait avec appréhension, et toujours d'une voix douce, difficilement audible. Ses parents, adeptes de la permaculture et des produits « bio », avaient fui la ville pour mener sur le plateau une existence proche du milieu naturel, dans des conditions d'une extrême sobriété, et vendaient leurs légumes et leurs fruits deux fois par semaine dans les marchés de la région.

J'avais deviné que cet enfant était bridé dans ses rêves et dans ses aspirations, et j'en eus confirmation ce soir-là quand, dans la salle de classe, le père – un homme de taille moyenne, brun, les cheveux et la barbe en bataille – me reprocha dès ses premiers mots d'avoir désagréablement influencé leur fils quant à son avenir :

— Nous avons fui la ville, ses désordres et ses vicissitudes, pour adopter une existence naturelle et débarrassée des excès qu'elle génère. Ce n'est pas pour que notre fils y retourne un jour pour son plus grand malheur.

— Je n'ai fait que lui montrer à quel point ses qualités intellectuelles lui permettent d'envisager le meilleur.

— Et qu'est-ce que c'est pour vous, monsieur, le meilleur ? me demanda alors l'épouse, une femme blonde, vêtue d'une robe longue à volants, des rubans dans les cheveux, avec des yeux d'un vert sombre, étrangement fixes.

— Le meilleur, dis-je, un peu décontenancé, c'est sans doute ce qu'il souhaite.

— Et vous le savez, vous, ce qu'il souhaite ?

— Je crois le deviner.

— Mais de quel droit cherchez-vous à influencer un enfant ?

— Je ne cherche rien, madame, sinon son bonheur futur.

— De son bonheur futur, comme vous dites, nous, ses parents, nous en occupons. Nous avons fait des choix réfléchis, et croyez-nous, nous avons pris le temps. Je suis moi-même philosophe et mon mari enseignait les sciences de la vie et de la terre dans un lycée de la grande ville. Ne croyez pas que nous avons agi sur un coup de tête. Nous savons ce que nous faisons, et ce n'est pas un professeur des écoles qui va nous influencer dans l'éducation et l'avenir de notre fils.

Ma petitesse coupable me fit réagir d'un ton plus haut que je ne l'aurais souhaité :

— Un petit professeur des écoles a le droit d'encourager les enfants qui lui sont confiés. Je dirais même que c'est son devoir.

— Pas en contradiction avec ce que leur enseignent leurs parents.

— Je n'ai pas eu cette impression, sans quoi je me serais abstenu.

— Eh bien, vous vous êtes trompé. Depuis votre entretien avec Clément, il prétend devenir ingénieur en aéronautique, et vous n'ignorez pas que cette activité ne s'exerce que dans les métropoles, surtout à Toulouse, et dans le cadre des grands circuits mercantiles que nous condamnons en tant qu'adeptes de la décroissance.

Selon eux, ma culpabilité était accablante, car elle s'opposait à une philosophie de la vie mûrement réfléchie. Je tentai de faire amende honorable en expliquant que je sondais toujours les enfants pour mieux les comprendre, mais M. Teyssandier ne m'en tint pas quitte pour autant :

— Si vous passez outre nos recommandations, nous serons obligés de contacter votre hiérarchie.

— Je ne peux pas vous en empêcher, mais ce ne sera pas nécessaire.

— Alors nous sommes d'accord.

Ils partirent après m'avoir salué fraîchement, assurés de toute leur supériorité souveraine, et je me rendis compte que mes seules difficultés dans ma nouvelle école provenaient des parents néoruraux. Qu'est-ce que cela pouvait bien signifier ? Je me promis d'en entretenir Rose à la première occasion, et de ne plus m'aventurer sur des chemins privés farouchement défendus, même si c'était au détriment des rêves des enfants.

L'automne qui alluma sur la forêt des feux d'or, de cuivre et de bronze m'incita à repérer d'autres chemins entre les arbres magnifiques, où j'entraînais mes élèves pour des séances de course à pied et de découvertes qui me donnèrent le sentiment d'adopter facilement ce nouveau monde dont j'avais reçu le présent.

Justine me suivit à plusieurs reprises, lors de ses heures de repos, pour tenter d'apprivoiser ces sentiers étrangers qui, me confia-t-elle, l'apaisaient après ses luttes quotidiennes contre la douleur. Le beau temps qui régnait ajoutait à ces moments de solitude à deux des couleurs inconnues, d'un charme nouveau, dont elle parut heureuse. Je cessai de m'en vouloir de l'avoir entraînée vers ce territoire éloigné du monde auquel elle était habituée depuis toujours, et où la cueillette des cèpes et des girolles suffisait à peupler les journées de petites joies dont nous profitions avec la satisfaction de ne les devoir à personne.

C'est ainsi que je me crus autorisé à lui dire que, peut-être, nous pourrions dans cet univers apaisé concevoir un enfant. Elle ne me répondit pas sur l'instant, me jeta simplement un regard où je lus une sorte de douleur muette. Je n'insistai pas, et j'attendis seulement qu'elle y vienne d'elle-même, mais elle parut oublier cette proposition que ma confiance dans la vie m'avait suggérée au mépris des duretés de la sienne. Les beaux jours bien établis, dans une chaude lumière aux reflets dorés, suffirent à illuminer nos soirées jusqu'aux nuits précoces de l'automne. Alors une explosion de couleurs, d'une énergie mystérieuse, embrasa les hêtres, les chênes et les bouleaux, léchant les conifères dont le vert parut s'embraser lui aussi, comme sous l'effet d'un souffle impossible à combattre. Si bien que cette saison pétillante de feux épars me sembla devoir durer toujours et être capable de maintenir l'hiver prisonnier en des confins d'où il ne réapparaîtrait jamais.

11

Tout changea après les vacances du début de novembre. De lourds nuages noirs envahirent le ciel, poussés par un vent fou qui, en une seule nuit, avait fraîchi. Ces sombres navires, qui avaient rompu leurs amarres, se mirent à dériver au-dessus de la forêt, dont la cime des arbres s'agitait inutilement pour les retenir. Il me sembla alors que ce plateau retournait à une vie sauvage dont les beaux jours l'avaient délivré, et je m'interrogeai sur sa vraie nature. L'été ne représentait-il qu'une embellie fragile et provisoire sur ces terres exposées sans le moindre rempart aux rafales surgies d'on ne savait où, sinon d'un ailleurs inquiétant ? Je m'enquis auprès de Rose d'une possible arrivée de la neige, mais elle me répondit :

— C'est le vent d'ouest. Pour la neige, il faut le vent du nord.

Elle me parut pourtant soucieuse, et je compris que le temps n'était pas en cause quand elle me confia :

— J'ai appris que le maire de Saint-Paul avait obtenu une subvention pour mettre aux normes le bâtiment de sa mairie-école.

— C'est une bonne chose, non ?

— Aucune de celles du regroupement ne répond aux nouvelles normes d'hygiène et de sécurité.

— Et alors ?

— Cela signifie que si Saint-Paul exécute les travaux rapidement, elle sera la dernière à fermer.

Je venais de pénétrer dans les arcanes de la politique locale, et je ne pus m'empêcher de demander :

— Et pourquoi, Rose, n'avez-vous pas obtenu pareille subvention ?

— Je ne suis pas du même bord que le député.

Était-il possible que dans des zones si déshéritées les manœuvres politiciennes fussent aussi pernicieuses qu'en ville ? Je n'en revenais pas, tandis que Rose reprenait, brusquement redevenue elle-même :

— J'ai rendez-vous la semaine prochaine avec le sénateur.

Elle sourit à cette perspective, me quitta aussi rapidement qu'elle était apparue, ce soir-là, tandis que je remplissais les livrets scolaires après une journée d'exercices et de dictées qui ne me rassuraient toujours pas sur le niveau de mes élèves. Que pouvais-je bien inventer pour les faire évoluer avant leur départ pour le collège ? L'orthographe, surtout, demeurait catastrophique. Seuls Gabriel et Clément progressaient de façon régulière. Mais quand je devais cocher sur mon livret une évaluation du genre : «L'élève est capable d'écrire un texte de dix lignes, ou d'inventer la suite d'une histoire, ou de modifier l'aspect d'un personnage», je demeurais circonspect. D'autant qu'il fallait raisonner en savoirs et les décliner en compétences. «Savoir être» pour tout ce qui touchait à la citoyenneté, «savoir faire» pour, par exemple, écrire un résumé de texte ou utiliser les signes de ponctuation propres aux dialogues. Il s'agissait également «d'apprendre aux enfants à apprendre» une poésie ou une leçon en leur donnant une méthode, des outils qui étaient censés les aider, mais aussi en développant des projets susceptibles de donner du sens à cette nouvelle pédagogie.

Je m'y efforçais de mon mieux, mais depuis ma nomination cette pédagogie m'apparaissait bien trop théorique pour développer la connaissance des enfants et les accompagner simplement comme c'était nécessaire. Ils étaient tellement différents : Maélis, Gabriel, Enzo, Léa, mais aussi tous les autres. Par exemple Clara, la fille des Demongeot, rêvait de devenir artiste, comme sa mère. C'était une enfant lumineuse, qui savait déjà jouer la comédie, mais qui ne demeurait pas à l'écart des autres : au contraire, elle tentait de les faire pénétrer dans son monde enchanté, ce à quoi elle ne parvenait pas, ou rarement, mais elle ne se décourageait pas.

Gabriel l'observait avec la réserve indulgente des princes sans rivaux, et il ne se laissait pas prendre dans des filets à ses yeux suspects de préoccupations essentiellement féminines. Les arbres lui avaient déjà enseigné la force des êtres sans faiblesse et sans colère. J'observais avec amusement ces vaines manœuvres de séduction dont l'issue ne provoquait pas le moindre drame : leurs planètes n'étaient pas les mêmes, tout simplement, et même si elles se frôlaient, parfois, dans la cour de récréation, elles ne déviaient jamais de leur orbite.

Lucas et Thomas, eux, vivaient dans le sillage de Gabriel, avec lequel ils partageaient les mystères des grands bois. Le premier venait de Puy-Lachaud, où ses parents vivaient de la forêt. C'était un garçon qu'on aurait dit muet car il parlait très peu, mais toujours à bon escient. Il était aussi grand que Gabriel, et certainement plus fort physiquement, mais il ne le défiait jamais. Thomas, originaire également de Puy-Lachaud, avait besoin d'exprimer son énergie d'enfant sec et nerveux, toujours en mouvement, et il se mesurait souvent avec Enzo, au cours de défis arbitrés par Gabriel qui savait les arrêter à temps, c'est-à-dire avant que je n'intervienne. Kevin et Matéo étaient de doux rêveurs qui avaient beaucoup de mal à se concentrer sur les exercices et, s'ils étaient interrogés, partaient dans des raisonnements ubuesques dus probablement à leur passion pour la science-fiction.

Parmi les filles, deux ne me posaient pas le moindre problème. Elles se prénommaient Célia et Manon, se ressemblaient comme deux sœurs sans être de la même famille, et faisaient preuve d'une application qui, hélas, ne se traduisait pas toujours par des résultats convaincants. Mais j'aimais la concentration laborieuse qu'elles manifestaient dans l'exécution des exercices et l'apprentissage des leçons ou des poésies. Charline et Lisa, elles, se montraient davantage préoccupées par leur toilette que par la classe dont elles demeuraient lointaines, et comme indignées d'avoir à subir l'épreuve quotidienne.

La dernière, prénommée Lola, qui venait de Saint-Paul, m'inquiétait beaucoup par son esprit d'indépendance et son manque d'assiduité. Elle était grande, blonde, trop mûre pour son âge, et Marilyne, auprès de qui je m'étais renseigné, m'avait appris qu'elle vivait avec une mère célibataire souvent absente du domicile, en raison de son travail en ville. La petite se débrouillait comme elle pouvait et elle disparaissait parfois, au point que Marilyne avait sollicité les services de protection de l'enfance, mais ceux-ci n'avaient pas jugé nécessaire de priver la mère de la garde de son enfant.

J'avais à deux reprises interrogé Lola sur les motifs de ses absences, et elle m'avait répondu avec aplomb que lorsqu'elle était souffrante, sa mère l'emmenait en ville pour ne pas la laisser seule à la maison.

— Ça arrive trop souvent, lui avais-je fait observer.
— C'est parce que je suis souvent malade.

J'avais renoncé moi aussi à alerter les services de protection de l'enfance, et pourtant je la soupçonnais de fuguer. Mais je ne voulais pas, du moins pas encore, être le cruel artisan d'une séparation entre une mère et sa fille.

Léa, quant à elle, m'avait convaincu de proposer à ses parents une place dans une ULIS dès l'an prochain, au moins à mi-temps. En effet, son handicap me paraissait insurmontable. Elle ne souffrait pas seulement de dysphasie, qui est un trouble de la parole et du langage, mais de vrais troubles des fonctions cognitives et mentales, c'est-à-dire, plus simplement, de compréhension et de raisonnement. Mais comment expliquer ces troubles à des parents qui vivaient dans l'isolement et la simplicité d'une vie dont ils étaient fiers ? – c'est ce que Rose m'avait appris à leur sujet. Je fis une tentative mi-novembre, en leur demandant de venir me voir à l'école à l'heure qui leur conviendrait le mieux, mais je n'eus jamais de réponse. Je décidai donc d'aller les rencontrer dès que j'en trouverais le temps, non sans me faire d'illusions sur la décision qu'ils prendraient – leur accord étant en effet indispensable à un placement dans une unité spécialisée.

Je les connaissais tous bien à présent, même ceux dont je parlerai peu dans ces lignes, car ils ressemblaient simplement à tous les enfants que j'avais connus depuis mes débuts, à quelques rares exceptions près. Et j'avais appris à les aimer, tous, avec leurs défauts et leurs qualités ; à les aider, les accompagner, les divertir, comme lors de ces courses en forêt que je multipliais, conscient que l'hiver, sans doute, me les interdirait bientôt.

12

Pourtant, à ma grande surprise, un bref été de la Saint-Martin me permit de continuer à les conduire dans la forêt, l'après-midi, et à en profiter pour leur faire pratiquer l'éducation physique prévue au programme, mais aussi des courses d'orientation censées développer leur sens du raisonnement et de l'observation. Les splendeurs de l'automne ajoutaient à ces sorties un charme qui touchait aussi les enfants, je m'en rendais compte lorsqu'ils s'extasiaient devant les bouleaux couleur de miel, le pourpre des hêtres, le bronze doré des chênes dont l'incendie paraissait se prolonger devant eux sans pouvoir s'éteindre. Ils connaissaient la forêt, mais jamais, peut-être, ils n'avaient pris le temps de l'observer de si près – Gabriel excepté –, au point de s'en imprégner jusque dans ses frissons, ses murmures, ses couleurs qui annonçaient la fin prochaine des feuilles dont certaines, déjà, se détachaient pour venir se poser avec une légèreté de plume sur la mousse des sentiers.

Et ce fut lors d'une de ces sorties que Lola disparut. Je ne m'en aperçus pas tout de suite, mais seulement quand je pris, comme toujours, la précaution de compter les enfants avant notre retour. Aucun des élèves, interrogés en toute hâte, ne l'avait vue depuis plus d'une heure. Je courus affolé à droite et à gauche, les enfants derrière moi, en appelant de toute la portée de ma voix, mais rien n'y fit : Lola avait bel et bien disparu.

Que faire ? D'abord téléphoner pour demander du secours, et le plus rapide serait sans doute celui des pompiers. Ensuite prévenir la mère, mais malgré plusieurs tentatives elle ne répondit pas. Il fallait retourner à l'école car le bus scolaire allait bientôt passer et il n'attendrait pas. C'est ce que je fis en courant, les enfants derrière moi. Je rencontrai les pompiers en chemin – à l'intersection du sentier forestier et de la départementale – et leur expliquai ce qui s'était passé, et à quel endroit. Je rentrai le plus vite possible pour reconduire les enfants, puis, aussitôt qu'ils furent repartis chez eux, je retournai dans la forêt en voiture, où je n'eus aucun mal à retrouver les pompiers.

J'étais d'autant plus inquiet que la nuit tombait tôt à cette époque de l'année, et qu'aucune trace ne m'indiquait la direction qu'avait prise Lola. J'imaginai toutes sortes d'éventualités, toutes aussi funestes les unes que les autres : comme elle aimait grimper aux arbres, elle était peut-être tombée et s'était tuée, ou alors elle avait rencontré un sadique qui l'avait agressée (hypothèse heureusement peu probable dans ces contrées), ou tout simplement elle s'était égarée et allait mourir de froid et d'inanition pendant la nuit.

Découragé après une heure de vaines recherches, j'appelai Marilyne avec mon smartphone pour lui demander si pareille épreuve lui avait été infligée par Lola.

— Ne t'inquiète pas, me répondit-elle. Elle saura retrouver son chemin et elle rentrera chez elle toute seule.

— Mais la nuit va tomber.

— Ce ne sera pas la première fois qu'elle disparaît ainsi. J'irai frapper toutes les demi-heures à la porte de sa maison, et je te tiendrai au courant.

Je ne pus me résoudre à cette attente, et je revins à l'école, où, heureusement, je trouvai Rose occupée avec la secrétaire de mairie à régler les problèmes quotidiens.

— Je connais cette petite, me dit-elle. Elle est coutumière du fait, et il ne faut pas prendre de risques avec elle.

— Je m'en veux terriblement.

— Ne vous inquiétez pas. Ils vont la retrouver. Mais méfiez-vous à l'avenir de cette enfant : elle a déjà causé des problèmes.

Elle ajouta, comme pour elle-même :

— La seule chose qui me préoccupe, c'est qu'il ne faudrait pas qu'on la retire de l'école.

Et, soudain inquiète :

— Vous avez prévenu la mère ?

— Oui ! Je l'ai appelée plusieurs fois, mais elle ne répond pas.

— Bon ! je vais essayer.

Je n'aurais jamais imaginé me trouver face à pareille situation en étant impuissant à la résoudre par moi-même. C'était à la fois totalement inattendu et terriblement culpabilisant, d'autant que Rose paraissait inquiète, à présent, et maudissait les pompiers qui ne donnaient pas de nouvelles. Et toujours pas de coup de téléphone de Marilyne, à Saint-Paul. Je décidai alors de repartir dans la forêt pour aider de mon mieux au lieu de me morfondre, et j'y restai jusqu'à ce que le lieutenant me recommande de rentrer chez moi en me disant :

— Vous n'êtes pas équipé comme nous. Ne restez pas là, ce n'est pas nécessaire.

Justine s'était inquiétée de ne pas me trouver à son retour comme chaque soir. Dès que je lui eus expliqué ce qui se passait, elle tenta de me rassurer en disant :

— Ce n'est pas une nuit dehors en cette saison, avec ce temps encore doux, qui peut tuer une enfant. On la retrouvera peut-être en hypothermie, mais vivante. Ne t'inquiète pas.

Nous dînâmes en toute hâte et je repartis vers la mairie où Rose, malgré l'heure avancée, examinait des dossiers. Je compris qu'elle avait décidé de ne pas quitter les lieux avant le retour des pompiers. Elle paraissait pourtant épuisée après une longue journée de travail, et elle manifesta à plusieurs reprises un peu d'agacement à ne pas pouvoir joindre le lieutenant dans la forêt où la liaison ne passait pas. Pour meubler le temps, elle me parla de la mère de Lola, qui habitait la maison de ses parents défunts à Saint-Paul, et qui travaillait comme aide à domicile au chef-lieu. C'est en ville qu'elle avait été séduite par un homme qui l'avait aussitôt abandonnée, après avoir refusé de reconnaître l'enfant.

— Une très brave fille, précisa Rose, mais un peu simple. Elle aime Lola mais elle est complètement submergée par cette charge. Pourtant, je suis sûre que la perte de sa fille la tuerait. C'est pour ça qu'on a tout fait pour éviter les enquêtes, vous comprenez ?

— Vous ne m'en avez jamais parlé.

— Je pensais vraiment que la petite était devenue plus raisonnable en grandissant.

— Apparemment pas. Si vous m'aviez tout dit, je me serais méfié : je ne l'aurais pas quittée des yeux.

Rose sourit, murmura :

— Quand vous aurez mon âge, vous saurez qu'on ne peut pas tout dire. Surtout ici, par chez nous. Tout est si fragile, si dur à vivre, que le silence vaut mieux, parfois, que les paroles.

Après ces considérations énigmatiques, elle s'étendit un peu sur les difficultés pour les jeunes du plateau à trouver du travail, et sur leur départ inévitable vers les villes de la vallée.

— Je me bats, murmura-t-elle, mais je me demande parfois si j'aurai la force de mener ce combat jusqu'au bout.

— C'est vous qui me dites ça ?

Elle hocha la tête, sourit :

— Le sénateur m'a promis de m'aider et de m'obtenir une subvention, mais pas avant deux ans, à cause des contraintes budgétaires.

Elle se redressa, ajouta :

— Oubliez tout ça, et rentrez chez vous ! Je vous avertirai par téléphone dès que j'aurai des nouvelles.

— Je préfère rester avec vous… si vous le permettez. Je vais simplement aller prévenir Justine.

— Comme vous voudrez.

C'est de cette nuit-là, je pense, que naquit avec cette

femme qui m'était inconnue deux mois auparavant une connivence, un accord muet, une complicité pour un combat commun, comme si d'ores et déjà et sans vraiment en prendre conscience, j'avais décidé de le mener avec elle. Pourquoi ? Je ne saurais le dire, mais il y avait dans son énergie quelque chose de grave et d'infiniment précieux dont je me sentais proche, une sorte de pacte vital pour des lieux et des gens auxquels en quelques semaines, et sans doute malgré moi, je m'étais attaché.

Un peu avant dix heures, Marilyne m'appela pour me dire que la mère de Lola était rentrée chez elle et qu'elle ne s'inquiétait pas du tout :

— Ce n'est pas la première fois que sa fille disparaît. Elle est persuadée qu'elle sera capable de retrouver son chemin.

Justine nous apporta du café et resta quelques minutes avec Rose et moi, puis elle alla se coucher, car elle devait se lever tôt. Rose, alors, me parla de sa vie, de son mari mort trop jeune, de ses coupes dans la forêt, des résineux qu'elle replantait au détriment des feuillus parce qu'ils repoussaient plus vite, de ses fonctions de maire qui lui étaient de plus en plus difficiles à assumer ; et elle me confia enfin ses craintes pour l'école sur laquelle un étau se refermait chaque jour un peu plus. Je l'avais toujours trouvée forte, énergique et, au cours de cette nuit, pourtant, elle dévoilait ses failles, ses faiblesses, m'accordant ainsi une confiance qui me touchait.

À onze heures, les pompiers revinrent et décidèrent d'aller chercher un chien avant de poursuivre les recherches. Ils repartirent aussitôt, nous laissant seuls, et je dis alors à Rose :

— Je prends l'entière responsabilité de ce qui s'est passé. Ne vous en faites pas. Personne ne retirera Lola de l'école.

Elle me remercia mais me certifia que de toute façon elle saurait négocier avec le lieutenant des pompiers.

— Je le connais bien. C'était un ami de mon mari.

Une demi-heure passa encore, et, de confidence en confidence, nous savions que le lien noué entre nous, cette nuit-là, ne se romprait pas. À onze heures trente, le téléphone sonna et j'entendis la voix de Marilyne me dire :

— Lola est rentrée. Elle a dit qu'elle s'était perdue. Elle va bien. Tu peux aller dormir tranquille.

En me quittant, quelques minutes plus tard, Rose m'embrassa.

13

Et la neige tomba : le 2 décembre exactement.

D'abord il n'y eut que quelques papillons blancs qui virevoltèrent dans l'air gris en début d'après-midi, puis, très vite, une mince couche recouvrit le sol et la cime des arbres. Un étrange silence s'installa dans la salle de classe tandis que je me demandais si les enfants qui repartaient à pied allaient pouvoir regagner leur foyer. Gabriel, que je questionnai à ce sujet, ne se montra pas inquiet.

— On a l'habitude, me répondit-il. J'accompagnerai Léa jusque chez elle. C'est sur mon chemin.

La récréation ne fut qu'une interminable bataille de boules de neige que je dus interrompre car des enfants claquaient des dents, tout en riant malgré leurs doigts paralysés par le froid. Une fois à l'intérieur, ils ne manifestèrent plus aucune attention pour la leçon de sciences de la vie et de la terre à laquelle je tentais vainement de les intéresser. Leur regard demeurait tourné vers les fenêtres, comme aimanté par les flocons de plus en plus épais dont le rideau s'épaississait de minute en minute.

Alors que je m'interrogeais sur le fait de savoir si

le car scolaire allait pouvoir passer, il arriva un peu après l'heure de sortie, déjà chaussé de pneus neige, le chauffeur ayant l'habitude des intempéries du plateau. Après une brève accalmie, la neige se remit à tomber à partir de cinq heures et je commençai à m'inquiéter pour Justine qui, elle, ne disposait pas d'un véhicule équipé comme il le fallait : nous avions été imprévoyants, n'étant pas accoutumés à des chutes de neige si soudaines. Quand je parvins à la joindre, elle me dit qu'elle allait être obligée de passer la nuit à l'hôpital, et, dès le lendemain matin, de trouver un garagiste qui puisse lui fournir des pneus ou des chaînes.

— Je comptais sur toi, je te le rappelle, me dit-elle, mais sans véritable contrariété – au point que je me demandai si elle n'était pas satisfaite de passer une soirée avec ses amies au lieu de regagner la « Néandertalie », comme elle se plaisait à qualifier, désormais, le plateau.

Je me retrouvai seul dans la salle de classe, hésitant sur la conduite à tenir, puis, face à la solitude qui s'annonçait, je choisis d'aller faire des courses au village afin de me préserver du manque de victuailles si le mauvais temps persistait. En réalité, je n'avais besoin de rien, je le savais parfaitement, mais quelque chose en moi me poussait à aller marcher dans la neige de plus en plus épaisse, que les réverbères de la rue faisaient scintiller merveilleusement, comme des lucioles effarouchées.

Depuis mon enfance, j'avais toujours aimé le bruit de feutre des étendues blanches craquant sous les pieds. Ces plaisirs avaient été d'autant plus précieux qu'ils avaient été rares, la neige n'étant pas fréquente dans le bas pays où j'avais grandi. Et chaque fois, pourtant, ces sorties dans la neige m'avaient fait pénétrer dans une sorte de pays enchanté, féerique, où tout devenait possible, comme les jouets miraculeux subitement surgis au pied du sapin de Noël. C'était puéril, je le savais, mais tellement agréable.

Je parvins tout blanc à l'épicerie, comme ces bonshommes de neige qui dans mon souvenir fondaient toujours, hélas, trop rapidement. Là, Mme Bassaler me dit en riant :

— Ça ne va pas durer. Au contraire, j'ai l'impression qu'il va geler.

Une fois muni de mes victuailles inutiles, je repartis avec des frissons de plaisir et me réfugiai dans mon logement où, de temps en temps, je regardais à travers la vitre les flocons qui illuminaient la nuit comme des lucioles d'argent. Une sensation de bien-être enfantin accompagna ma solitude au cours de cette soirée qui me renvoyait délicieusement vers des cantons oubliés de mon passé, là où sommeillent les trésors les plus secrets de nos vies. Il m'avait fallu venir vers ce haut pays isolé du monde pour redécouvrir quelques vérités oubliées, un consentement primitif à des éléments qui voisinaient avec une beauté proche du sortilège. Mais jamais je n'avais compris à quoi ce bonheur tenait vraiment, et je découvrais, ravi, qu'il était l'enfance même, celle que j'avais perdue et qui m'était rendue, cette nuit-là, avec une gratuité, une innocence qui me faisaient redevenir tel que j'avais été – le même exactement : ébloui, et sans le moindre souci du lendemain.

Le temps n'existait plus. Je veillai en rêvassant face à la fenêtre jusqu'à ce que Justine téléphone, pour me dire que, finalement, elle allait dormir chez son amie Carole. Je ne me décidai pas à aller me coucher, préoccupé seulement de prolonger ces minutes que je savais menacées. Quand je m'y résolus, il était plus de minuit, et il neigeait toujours. Jamais, je crois, je ne dormis aussi bien que durant ces heures silencieuses et ouatées, et je m'éveillai au matin comme neuf, prêt à pénétrer dans un monde nouveau.

À peine avais-je terminé ma toilette, pourtant, que Rose frappa à ma porte. Elle venait m'apprendre qu'il avait gelé au petit matin, et que le car scolaire ne passerait pas.

— Vous n'aurez que trois ou quatre élèves, ajouta-t-elle. S'il fait trop froid dans la salle de classe, vous pouvez allumer le poêle. Il est toujours en état de marche et vous trouverez du bois sous l'appentis du jardin.

Il y avait une cheminée chez mes parents, car ils travaillaient le bois et disposaient de beaucoup de chutes à brûler. Cela avait été longtemps un plaisir pour moi, le matin, de l'allumer. Je me le rappelai à voix haute devant Rose qui s'en félicita avant de partir. Puis je m'apprêtais à descendre quand Justine téléphona : elle ne savait pas si elle pourrait rentrer ce soir même, mais elle promit de me laisser un message dès qu'elle serait passée chez le garagiste censé lui fournir des pneus.

— Carole me dit qu'il a gelé, ajouta-t-elle. Il paraît qu'il y a du verglas sur les routes.

— C'est vrai. Sois prudente.

— Toi aussi, là-haut. Ne te laisse pas mourir de froid.

Elle ajouta, mutine :

— Je crois que tout cela ne t'est pas vraiment désagréable. Je me trompe ?

— Tu te trompes. Je t'attends ce soir.

— Menteur !

Elle raccrocha, me laissant circonspect : elle me connaissait mieux que je ne le croyais. Et je finis par m'interroger sur cette impression née en moi depuis la veille d'avoir trouvé ma vraie demeure, le seul lieu que je puisse habiter en m'évadant du temps et des contingences quotidiennes. Mais pourquoi ici et maintenant ? J'avais toujours cru à la mémoire des gènes et il ne me fut pas difficile de cheminer vers ceux de mes aïeux qui avaient vécu dans ce haut pays dans de semblables conditions, au siècle précédent, et sans doute depuis plus longtemps encore. Je ne faisais que les rejoindre, en somme, au plus profond d'une ancienne mémoire soigneusement blottie en moi, que je n'avais jamais écoutée jusqu'à ce jour. Mais combien précieuse elle me parut, ce matin-là, en allumant le poêle dont l'odeur de papier journal et de bois enflammés me fit battre plus vite le cœur.

Je me trouvais dans ces dispositions d'esprit quand surgit Gabriel, tenant Léa par la main. J'étais si loin dans mes pensées que je me demandai un moment quels étaient ces deux enfants couverts de givre qui venaient d'ouvrir la porte, laissant s'engouffrer une bise glacée.

— Vous avez pu passer ? dis-je, étonné par cette apparition.

— On aime la neige et on est habitués, me répondit Gabriel sans paraître surpris de voir le poêle allumé.

Je fis approcher les deux enfants de la bonne chaleur qui, déjà, commençait à monter de la fonte encore noire de la fumée des anciennes flambées. La petite tremblait un peu mais Gabriel semblait tout à fait à son aise, accoutumé aux feux de bois, gratuits, des forestiers.

— Vous n'avez pas eu peur de glisser ?

— On est bien chaussés et bien habillés, me répondit Gabriel. C'est que de la neige, quoi !

— Et du verglas.

Il ne daigna pas relever ces considérations pour lui dérisoires et garda les mains tendues au-dessus du poêle avec un sourire satisfait. Décidément, ce garçon me demeurerait toujours inaccessible, me dis-je en revenant vers mon bureau d'où je vis apparaître Joris, le fils des restaurateurs proches de l'école, suivi de Clément dont les parents considéraient sans doute la neige comme un élément naturel à apprivoiser. Je laissai les enfants un long moment près du poêle avant d'admettre qu'il n'en viendrait pas d'autres ce matin-là.

Je découvris alors l'impossibilité qu'il y avait à faire progresser les enfants au même rythme pendant l'année, ce qui expliquait sans doute les inégalités de niveau, et, peut-être aussi, pour certains, le retard constaté. Car à partir de ce jour, et pendant tout l'hiver, rien ne fut plus régulier ni prévisible : quand le temps était trop mauvais, parfois le bus ne passait pas, ou des élèves manquaient à cause des grippes et des angines, ou alors les parents les retenaient auprès d'eux sous des prétextes qui me paraissaient futiles ou mystérieux. Mais comment contrôler la véracité des excuses écrites d'une main hésitante sur le cahier de correspondance ? Je tentai un moment de mener ce combat, mais sous l'influence de Rose, j'y renonçai rapidement.

— S'ils les gardent, c'est qu'ils en ont besoin, me dit-elle.

— Et pour quoi faire, en cette saison ?

— Ils veillent sur les grands-parents quand il y en a dans la maison. Vous savez, c'est pas comme en ville ici : on ne les met pas tous dans les Ehpad.

C'était évidemment un argument imparable, et je me gardai bien de le contester.

14

Lola, elle, demeura absente durant quinze jours après sa fugue. Dès qu'elle revint, je ne me fis pas faute de l'interroger sur sa disparition et sur son absence prolongée. Elle ne se démonta pas et me répondit d'un ton égal qu'elle s'était perdue ce jour-là et, que, depuis, elle avait veillé sur sa mère malade. Je n'eus même pas envie de demander à Marilyne de vérifier à Saint-Paul cette affirmation, mais je ne tins pas Lola quitte pour autant. J'entrepris face à elle une guerilla lors de chaque récréation, en la gardant dans la classe au lieu de la laisser libre dans la cour. D'abord, elle feignit l'indifférence, puis très vite elle me menaça de ne plus venir du tout à l'école.

— On retirera ta garde à ta mère, dis-je, pas très fier de moi.

— C'est vous qui en ferez la demande ?

Ses yeux brillaient d'un éclat métallique et glacé.

— Non ! Pas moi ! Mais les pompiers ont fait un rapport de la nuit où tu as disparu et je crois qu'ils ont saisi le service de la protection de l'enfance. Tout le monde sait que tu disparais souvent. Est-ce que tu peux me dire pourquoi ?

Elle parut réfléchir, et peut-être se sentant acculée, elle jeta d'une voix froide :

— Je cherche mon père.

Stupéfait, je ne sus que répondre, mais il me sembla qu'il y avait là une faille par où on pouvait atteindre cette enfant sans doute désespérée à l'idée de ne pas connaître l'auteur de ses jours.

— Pourquoi ne le demandes-tu pas à ta mère ?

— Elle a toujours refusé de m'en parler.

— Et où le cherches-tu ? Tu ne trouveras rien toute seule.

Elle sourit, et lança, provocante :

— Eh bien, aidez-moi ! Et je vous promets de ne plus fuguer.

Trop désemparé pour répondre, je lui dis avec un geste d'agacement que je regrettai aussitôt :

— Je vais y réfléchir. Tu peux aller jouer.

Elle sortit avec un sourire vainqueur, qu'elle garda sur ses lèvres toute la journée, et je décidai d'en parler à Rose. Elle seule pouvait me sortir de l'impasse dans laquelle je me trouvais. C'est du moins ce que j'espérais, mais Rose avait d'autres soucis que celui-là. Elle avait appris que les travaux de mise en conformité à Saint-Paul commenceraient dès le printemps et seraient terminés pour la rentrée prochaine. Une commission devait siéger dès le mois de février pour arrêter le nombre de classes maintenues en fonction des effectifs du regroupement. Ce n'était vraiment pas le moment de perdre des enfants pour quelque raison que ce soit.

Les vacances de fin d'année me permirent d'échapper un peu aux questions que je me posais. Nous passâmes Noël chez les parents de Justine, et le premier de l'an chez les miens, pour des fêtes qui avaient perdu de leur lustre d'antan en raison, hélas, de l'âge que nous avions désormais. Même les sapins dressés par nos mères ne parvenaient plus à rétablir la magie des heures lointaines au cours desquelles nous découvrions le monde enchanté des crèches, des guirlandes et des bougies. Je m'y résignais difficilement et, floué d'une manne essentielle, je jouais le jeu des embrassades et des cadeaux dont les rubans ne délivraient plus aucun mystère. Les années avaient déposé sur eux, insensiblement, la douce amertume des trésors perdus.

Justine et moi possédions à présent des voitures équipées des pneus adéquats pour faire face aux intempéries du plateau, qui, au dire de Rose, étaient beaucoup moins paralysantes qu'avant, en raison du réchauffement climatique. Justine n'hésitait plus à braver la neige et la nuit pour remonter au village depuis l'hôpital. La neige tombait, puis disparaissait, revenait, mais, effectivement, passé la surprise des premières chutes, elle ne bloquait pas les routes au point de contraindre les habitants à rester cloîtrés chez eux. Le car scolaire renonçait rarement à sa tournée, sauf en cas de températures très basses, quand le verglas rendait les routes dangereuses.

Janvier fut très froid – jusqu'à moins dix degrés – et février un peu moins. Le givre des arbres et des toits finit par fondre, à mon grand regret : j'aimais la couche argentée qui étincelait au moindre rayon de soleil. Elle rendait féeriques et comme irréels le village et ses abords, leur conférant le charme d'un univers de conte de fées que seules auraient pu franchir des bottes de sept lieues. C'était comme si le monde s'était débarrassé de ses oripeaux pour retrouver sa vraie nature, son innocence et sa vérité. Et malgré les inconvénients que le gel et le givre occasionnaient, c'était toujours avec consternation que je constatais la disparition d'un haut pays qui avait été rendu aux rêves et aux songes.

J'avais maintenu l'éducation physique, mais dans la cour de l'école, et je laissais aux enfants le loisir de disputer des matchs de football qui mettaient en péril les vitres de la classe. Les garçons avaient besoin de se dépenser, et notamment Enzo qui trouvait dans les jeux de balle de quoi évacuer son trop-plein d'énergie. Ses parents d'accueil étaient venus me voir à la fin du trimestre, étonnés que je ne me sois pas manifesté au sujet d'un enfant qui leur posait beaucoup de problèmes, incontrôlable, même, de leur point de vue.

– Mais comment faites-vous ? m'avaient-ils demandé.

J'avais compris que n'ayant jamais eu d'enfants, ils ne parvenaient pas à exercer la moindre autorité, d'autant qu'ils savaient qu'Enzo avait souffert dans sa famille d'origine et qu'ils craignaient d'ajouter, eux, à cette souffrance, en posant des barrières à sa soif de liberté. Je leur avais expliqué qu'à mon avis, ces barrières, il les recherchait, comme autant de preuves d'un intérêt – d'une importance – dont il n'avait jamais bénéficié. Ils avaient été très surpris de ma position ferme à son sujet, et ils m'avaient promis d'y réfléchir. Mais face à cet homme et à cette femme âgés de plus de quarante ans qui avaient attendu si longtemps un enfant, j'avais ressenti le désarroi de parents trop aimants, qui ne savaient comment se comporter pour lui venir en aide.

Je m'aperçus au printemps que je n'avais pas pu moi-même prendre la moindre résolution au sujet des trois élèves en difficulté qu'étaient Enzo, donc, Maélis et Léa. J'avais reculé devant la procédure à mettre en œuvre, d'autant plus que je savais devoir me heurter, au bout du compte, au refus des parents d'inscrire leurs enfants dans des unités spécialisées. D'un certain point de vue, cette absence de décision me renvoyait la charge de m'en occuper moi-même, mais cela ne m'était pas lourd à porter. Qui aurait pu se plaindre de quinze élèves dans sa classe ? Pas moi, qui en avais eu toujours plus de vingt.

Je me mis à attendre les beaux jours, pressé soudain de retrouver les sentiers libres de la forêt, ses mystères et ses secrets, malgré les risques que ces escapades ne manqueraient pas de provoquer.

15

En mai, Rose vint me trouver un soir dans ma classe, où je travaillais sur mon cahier journal et sélectionnais les feuilles d'exercices du lendemain. Elle était porteuse à la fois d'une bonne et d'une mauvaise nouvelles. La mauvaise était que la commission chargée d'adapter les effectifs du regroupement intercommunal aux instructions de l'académie – elles-mêmes découlant de celles du ministère – envisageait désormais de fermer l'école de Puy-Lachaud, car les enfants ne seraient plus dès l'an prochain assez nombreux en maternelle.

— Comment est-ce possible ? dis-je, stupéfait.

— Pas assez de naissances dans le canton, me répondit Rose. Mais je n'ai pas besoin de vous dire qu'ils ne sont pas près d'y arriver. Nous allons nous regrouper et nous défendre.

Elle ne semblait pas vraiment inquiète. Elle avait foi dans sa détermination et dans celle de ses collègues maires.

— S'il le faut, on occupera les lieux jusqu'à obtenir satisfaction, assura-t-elle. Et on démissionnera de nos charges. La préfecture ne pourra pas gérer trois communes, c'est absolument impossible !

— C'est bien mon avis.

Elle conclut en souriant :

— De toute façon, d'ici à ce que les effectifs baissent chez nous, j'aurai trouvé la solution.

Elle m'expliqua qu'elle avait contacté une famille de forains qui habitaient à la sortie de Sédières dans un bungalow insalubre, leur caravane ayant brûlé. Ils étaient six en tout : la grand-mère, les parents et les enfants. Ils suscitaient la méfiance des villageois qui les accusaient de tous les maux et souhaitaient les voir s'éloigner de chez eux.

— À moi, ils ne me font pas peur, assura Rose. Je leur ai proposé de venir habiter gratuitement dans l'ancien presbytère, et de mettre leurs enfants dans les écoles du regroupement.

Elle ajouta, triomphante :

— Ils en ont trois, et tous ont moins de douze ans.

— Ils ont accepté ?

— Pas encore, mais ça ne saurait tarder. Ils viennent voir le presbytère demain. Il y a quelques travaux à prévoir, la commune n'a pas d'argent, mais je me débrouillerai.

— Comment ferez-vous ?

— J'y emploierai mes forestiers. Ils savent tout faire. En huit jours on aura tout ravalé.

Elle rayonnait, heureuse de pouvoir faire face à une adversité à laquelle elle avait l'habitude de se confronter.

— Autre chose, reprit-elle. Le bibliobus ne veut plus attendre une heure sur la place. La responsable propose de laisser les livres en dépôt à la mairie.

Elle hésita un instant, poursuivit :

— Vous ne voudriez pas les prendre, vous, à

l'école, et vous en occuper un jour par semaine de cinq heures à six heures, quand vous corrigez vos cahiers et préparez vos leçons ?

Comment refuser une telle demande si adroitement formulée ? Je ne trouvai qu'une seule question à poser :

— Et je les entreposerais où ?

— Je vous ferai porter un petit meuble, au fond, contre le mur.

Elle avait pensé à tout, et je ne pus qu'accepter, persuadé, en outre, que les lecteurs de Saint-Julien ne devaient pas être nombreux. Je me trompais, car la population de la commune, plutôt âgée, préférait les livres à la télévision, ayant grandi avec l'écrit et non avec l'image. Et donc l'heure que j'employais à mes corrections et mes préparations fut bientôt mobilisée par des villageois qui prenaient tout leur temps et m'interrogeaient sur les sujets des livres en dépôt, comme si j'étais censé les avoir tous lus. Je dus très vite, avec l'accord de Rose, renvoyer cette charge au samedi matin, de neuf heures à dix heures, tout en ne cessant de m'interroger sur les choix du responsable du bibliobus dont les ouvrages me paraissaient totalement inadaptés au goût des ruraux. Presque tous les romans, en effet, traitaient de la grande ville et des préoccupations contemporaines peu en rapport avec une population qui était sortie du système et avait fui, épouvantée, les métropoles. Je ne pris pourtant pas le temps de questionner le fonctionnaire qui passait tous les quinze jours me livrer la nourriture de la culture officielle. Peut-être après tout répondait-elle à une pensée soucieuse de lier encore cette population rurale à un monde indispensable à sa survie. De toute façon, je n'avais pas la prétention de détenir les clés d'un bonheur qui ne me semblait pas forcément adapté à une politique culturelle dont l'essentiel propos était apparemment de répercuter l'écho des parkings souterrains et des grandes surfaces jusque dans les forêts des plateaux.

16

Délivré de ce petit souci, j'employai les beaux jours revenus sous un ciel d'un bleu pâle et doux à repartir sur les sentiers délaissés, au cœur d'une forêt qui retrouvait ses splendeurs perdues, dans des pétillements de lumière et les parfums de résine en ascension. Les arbres paraissaient reprendre leur respiration un moment suspendue, et le balancement de leurs plus hautes branches révélait un regain de vie qui irradiait jusqu'à l'humus où plongeaient leurs racines. De lourdes odeurs rampaient à ras du sol, réveillant des sensations perdues depuis les touffeurs de l'automne, et ce nouvel élan de la vie réjouissait aussi bien la forêt que les enfants rendus à une liberté confisquée par l'hiver.

Mes collègues du conseil des maîtres, alertés par quelques parents, m'interrogèrent à ce sujet : n'y avait-il pas mieux à faire pour un professeur des écoles que de courir si souvent les chemins avec ses élèves ? Je répondis que je ne faisais que rattraper le temps perdu pendant la mauvaise saison, et que, surtout, j'avais élaboré un projet interdisciplinaire « Sciences-EPS-Mathématiques ».

Les courses chronométrées au terme desquelles

les enfants devaient prendre leur pouls permettaient à la fois des leçons de calcul et de sciences – au sujet du cœur, des muscles, du souffle, des poumons. Je confiais à tour de rôle à chacun des enfants mon chronomètre et leur faisais calculer la vitesse et la distance parcourue. Bref, j'étais content de moi, et tout se passait bien jusqu'à ce jour où Léa, échappant un instant à mon attention, monta à un arbre et dégringola de la plus haute branche, chutant sur la tête en poussant un cri qui me glaça. J'éloignai aussitôt les enfants avant de me pencher sur elle, qui gardait les yeux clos et respirait difficilement, puis j'appelai les pompiers en tentant de leur indiquer de façon précise l'endroit exact où je me trouvais.

Ensuite, comme j'en avais l'obligation, je voulus prévenir les parents, mais personne ne répondit à mon appel. Je téléphonai à Rose pour qu'elle tente de les joindre et je me mis à attendre les secours en essayant de garder à l'écart les autres enfants qui commençaient à paniquer. J'avais placé Léa en position de sécurité et tentais de lui parler, mais elle ne me répondait pas. De temps en temps je me penchais sur elle pour vérifier qu'elle respirait, mais c'est à peine si un faible filet d'air franchissait ses lèvres mi-closes. La demi-heure que je passai ainsi à veiller sur cette enfant fut sans doute la plus longue et la plus terrible de ma vie. Elle me parut durer une éternité, et j'envisageai le pire : sa mort, et le poids de la culpabilité qui m'accablerait indéfiniment. J'étais tellement désemparé que je faillis téléphoner à Justine pour lui demander de l'aide, mais j'y renonçai pour ne pas l'affoler si loin de moi, et donc impuissante, par conséquent, à m'apporter du secours.

Enfin les pompiers arrivèrent et prirent en charge l'enfant qui respirait, mais ne parlait toujours pas et n'ouvrait pas les yeux. Ils la transportèrent avec d'infinies précautions dans le camion où ils la placèrent sous oxygène. Je pus alors parler à la mère de Léa que Rose avait réussi à joindre et qui donna son accord pour hospitaliser sa fille. Elles partaient ensemble pour l'hôpital où elles arriveraient probablement en même temps que les pompiers.

Je ramenai alors le plus rapidement possible les enfants vers l'école en tentant de les rassurer, et dès qu'il fut l'heure de les délivrer, je partis comme un fou vers la ville où j'espérais recevoir l'aide et le réconfort de Justine, alors que le visage livide de Léa demeurait devant mes yeux, accusateur et tragique. Comment avais-je pu la laisser un instant sans surveillance ? La sanction allait fatalement tomber : je serais chassé de l'Éducation nationale, rejeté loin de ces enfants que j'aimais, et la pensée de l'assurance contractée en début d'année auprès de L'Autonome pour faire face à ce genre de drame ne me fut d'aucun secours. Jamais, je crois, je n'avais conduit aussi vite que ce jour-là, frôlant à plusieurs reprises l'accident.

Une fois à l'hôpital, plutôt que de gagner les urgences, je demandai à voir Justine qui surgit presque aussitôt un peu alarmée. Je lui expliquai rapidement la situation, et elle me dit en essayant de plaisanter :

— Qu'est-ce qui t'a pris de laisser les enfants grimper aux arbres ? Tu les prends pour des singes ?

Elle m'accompagna vers une salle d'attente où je retrouvai Rose et la mère de Léa assises côte à côte. La petite était déjà au scanner. Nous attendîmes en silence, et pas un reproche ne sortit de la bouche de la mère : une femme brune, au visage volontaire, qui regardait droit devant elle dans une tension muette que je percevais avec d'autant plus de culpabilité, redoutant de voir réapparaître Justine avec un masque dur sur le visage pour nous annoncer la pire des nouvelles. Quand je l'aperçus, levant soudainement ma tête que j'avais prise entre mes mains, elle n'était pas seule, mais accompagnée d'un médecin en blouse blanche qui nous dit sans préambule :

— Elle a repris connaissance. Pas de lésions apparentes au scanner. On va la garder vingt-quatre heures en observation.

Je sentis littéralement mes épaules se délester du fardeau qui m'écrasait. Rose et la mère de Léa le remercièrent, puis elles s'en allèrent et Justine me prit le bras pour m'entraîner vers une salle réservée aux infirmières de nuit, où elle me fit couler un café très fort en demandant :

— Tu es sûr que ça va ?

Je fis « oui » de la tête, mais ne réagis pas.

— Est-ce que je peux te laisser ? J'ai quitté mon service et on doit me chercher.

Le seul mot que je pus prononcer fut un faible « merci ».

— Tu es sûr ? répéta Justine.

— Oui. Je vais repartir.

— Attends au moins un quart d'heure. Je ne veux pas te retrouver aux urgences toi aussi. Ça suffit pour aujourd'hui.

Elle m'embrassa et s'en alla, tandis que je m'étonnais du sang-froid qu'elle manifestait. Mais n'était-ce pas son métier que de se pencher sur des hommes, des femmes ou des enfants en danger ? Je m'aperçus alors que je ne l'avais jamais observée dans le cadre de sa profession et elle m'apparut bizarrement étrangère, ce qui ne contribua pas à me rassurer.

Je remontai vers Saint-Julien et partis réconforter les parents de Léa. Je compris pourquoi, ce soir-là, ils n'avaient jamais répondu à mes demandes d'entrevue : cet homme et cette femme étaient accablés par le travail et ne disposaient pas d'une minute à eux. Ils se montrèrent compréhensifs, pas du tout vindicatifs, étant habitués à la vie rude de l'élevage d'un troupeau de quarante bêtes, et des coupes en forêt. La mère de Léa nous déclara qu'elle redescendrait le lendemain après-midi à l'hôpital et je lui proposai de l'accompagner, mais ce ne fut pas nécessaire : la petite avait passé une bonne nuit et elle put sortir en début d'après-midi.

Cette affaire n'eut pas de suites, mais quelle frayeur ! Je me promis d'être plus vigilant à l'avenir. Rose, elle, ne s'attarda pas sur l'événement : comme les parents de Léa, elle était accoutumée à une vie où les accidents n'étaient pas rares : plaies dues aux tronçonneuses, chutes, fractures, coups divers provoqués par un matériel d'une puissance impressionnante.

Au reste, ses préoccupations, en cette fin d'année scolaire, étaient d'un autre ordre. Le couperet était tombé : l'école de Puy-Lachaud allait fermer. Plus assez d'enfants en bas âge car les jeunes couples partaient vers les villes, quittant les territoires ruraux où, pour la plupart, ils étaient nés. Mais les études leur avaient forgé une autre vision de l'existence : celle des cinémas, des terrasses des cafés et des boutiques riches en ordinateurs, tablettes et smartphones qui les faisaient accéder à d'autres territoires, précisément, auxquels ils n'avaient pas imaginé avoir droit. Le monde s'ouvrait à eux et ils ne résistaient pas à son éclat, même s'il leur était livré en images, dans sa représentation la plus factice – et sans doute la plus inutile. Ils partaient sans se retourner, fuyant la pluie, la neige, les rues vides, les boutiques closes, le manque d'horizon mangé par la forêt, les gens d'âge qui peuplaient de plus en plus ces villages désâmés, sans autres travaux que ceux dont personne ne voulait plus.

Rose, pourtant, fidèle à sa résolution vitale, fit face et organisa l'occupation de l'école de Puy-Lachaud par les parents d'élèves, aidée par les maires du regroupement, du moins en apparence. Sophie, qui avait laissé les manifestants entrer dans son école, fut blâmée par l'inspecteur. Deux journalistes convoqués par Rose firent des photos et les occupants reçurent même la visite des actualités régionales. Mais rien n'y fit. Alors Rose proposa aux maires du regroupement de démissionner. Ils refusèrent : celui de Saint-Paul était sûr de sauver son école après les travaux, et celui de Puy-Lachaud prétexta l'impérieuse nécessité de continuer à aider ses habitants déjà menacés d'abandon par les services publics. Il avait négocié avec la préfecture : il préférait garder la poste plutôt que son école qui grevait trop son budget. C'était fini. Rose comprit qu'elle était seule désormais dans le combat qu'elle avait engagé.

Quand elle m'expliqua cet échec dû à une division qu'elle ne comprenait pas, et qu'elle savait mortelle, je vis briller, ce soir-là, et pour la première fois, des larmes dans ses yeux.

17

La fin de l'année scolaire fut pour moi, comme chaque mois de juin, un déchirement malgré les longues soirées sous un ciel embrasé par les feux du soleil couchant, que la nuit semblait ne plus pouvoir éteindre. Parfois, même la forêt paraissait frappée par cet incendie venu de l'horizon, et elle se plaignait avant de s'endormir très tard, enfin rassurée quand l'ombre roulait entre les arbres en vagues épaisses, au parfum de fleur d'acacia. Nous la parcourions avec Justine jusqu'à ce que l'obscurité nous ensevelisse dans de délicieuses tiédeurs, puis, couchés sur la mousse, nous l'écoutions respirer en longs soupirs profonds comme une houle marine. Enfin nous rentrions lentement, silencieux, attentifs seulement aux battements de notre cœur qui résonnaient dans le cloître des arbres comme dans une nef d'église.

Seul le sommeil parvenait à me faire oublier que sept élèves allaient me quitter pour le collège de Sédières, et parmi eux Joris, le fils des restaurateurs ; Enzo, Thomas, Lucas, Charline, Manon, et Lola la fugueuse. La veille de la sortie, je les pris à part, l'un après l'autre, afin de leur témoigner ma confiance en l'avenir. Je les rassurai quant à leur accoutumance au collège et à ses règles de fonctionnement différentes du primaire, et tentai de les persuader qu'ils réussiraient dans leurs projets. Et vis-à-vis de chacun d'eux je conclus en affirmant :

— Il faut que tu sois sûr que le meilleur de la vie est toujours à venir. Promets-moi de ne jamais oublier ça.

Ils promirent, intimidés par ce face-à-face où, sans doute, ils percevaient mon émotion, mais déjà pressés de fuir vers les vacances qui les attendaient. Seule Lola s'attarda auprès de moi, avec un sourire sceptique et vaguement ironique.

— Le meilleur, vous êtes sûr ? demanda-t-elle.

— Je te le souhaite sincèrement.

— Alors je vais retrouver mon père ?

Une nouvelle fois, elle m'enfermait dans un piège, d'autant qu'elle ajouta :

— Vous m'aviez promis de m'aider.

— Je n'ai pas oublié.

— On ne le dirait pas.

Les quelques tentatives de renseignement que j'avais effectuées auprès de Rose et de Marilyne s'étaient révélées infructueuses. La seule qui pouvait parler était la mère de Lola. Je promis donc à cette fille trop vite grandie d'aller rencontrer sa mère, non sans penser que je m'aventurais là dans une voie qui m'était interdite. Lola ne me tint pas quitte pour autant, et me dit, sans me lâcher des yeux :

— Je viendrai aux nouvelles le samedi.

— Si tu veux.

Cette gamine avait le don de me déséquilibrer,

avec une assurance – presque un machiavélisme – qui n'était pas de son âge, et je m'en voulais de ne pas me montrer plus ferme vis-à-vis d'elle.

Les vacances étaient là, cependant, du moins pour moi (après une dernière réunion du conseil des maîtres), mais non pour Justine qui avait obtenu trois semaines de congé en août – en principe, avait-elle ajouté lorsque nous avions évoqué le sujet. Je disposais donc de presque un mois, que je mis à profit pour aller voir mes parents, visiter mes anciens collègues, faire mon miel de lectures diverses et, après beaucoup d'hésitations, partir à la rencontre de la mère de Lola. Afin de ne pas laisser seule sa fille à Saint-Julien, elle l'emmenait en ville et la confiait à un centre aéré pendant qu'elle travaillait comme aide à domicile auprès de personnes âgées. Ayant pu la joindre par téléphone, je lui avais donné rendez-vous dans une brasserie du centre-ville à midi trente, où je comptais l'inviter à déjeuner.

Elle arriva un peu en avance, mal à l'aise dans ces lieux qu'elle n'avait pas l'habitude de fréquenter, le plus souvent par manque de temps. C'était une jeune femme aux cheveux de paille, aux yeux noisette, visiblement mal nourrie, et le visage marqué par la vie. Se demandant ce que je lui voulais, elle hésita à s'asseoir et il fallut que j'insiste, en lui promettant que, si elle ne souhaitait pas déjeuner, je ne la retiendrais pas longtemps.

— On m'attend, me dit-elle d'une voix lente et grave, qui révélait un profond mal-être dont la source était évidente : elle avait été abandonnée enceinte par un homme à qui elle avait accordé toute sa confiance,

et elle en gardait la blessure des êtres qui ont été reje-
tés sans en comprendre les raisons.

Depuis, le monde lui paraissait dangereux et hostile
car ses moyens intellectuels limités ne lui permettaient
pas de l'affronter avec les ressources nécessaires. Et
moi je représentais ce monde extérieur dont elle se
méfiait. J'eus donc beaucoup de difficultés à lui expliquer le motif de l'entrevue que j'avais sollicitée. Une
fois que j'eus parlé, elle me répondit sans hésitation :

— Son père est parti à l'étranger. Il ne reviendra pas.

— Raison de plus pour révéler à Lola qui il était.

— Pour qu'elle parte le rejoindre et me laisse seule
elle aussi ?

De quel droit m'étais-je immiscé dans cette histoire sans issue ? Et de quel droit aurais-je pu insister
auprès de cette jeune femme dont la seule richesse,
aujourd'hui, était sa fille ? Mon unique satisfaction,
après cette brève rencontre qui se termina au bout
de cinq minutes, fut de n'avoir pas été assez rigide au
cours de l'année écoulée pour contacter le service de
la protection de l'enfance qui aurait pu la priver de sa
seule raison de vivre.

Je repartis, désabusé, vaguement honteux de ma
démarche, et bien décidé, à l'avenir, à ne pas empié-
ter sur des problèmes familiaux le plus souvent inso-
lubles.

Et durant le mois de juillet je retrouvai Justine à
midi dans cette même brasserie, comme pour effacer
ce que j'y avais vécu quelques jours auparavant. Nous
évoquions là les vacances qui, pour elle, approchaient,
et pour lesquelles nous avions loué un bungalow dans
un camping de Biscarrosse.

— Une fois au niveau de la mer, et non plus dans ta montagne, tu pourras peut-être me faire un enfant qui ne ressemblera pas à un homme préhistorique, me dit-elle.

Comme souvent avec Justine, et cela faisait partie de son charme, je ne sus si elle plaisantait ou si elle était sincère.

— Oui, poursuivit-elle, sur une plage, sous les étoiles, ça nous changera de la forêt.

— Tu penses vraiment ce que tu dis ?

Elle sourit, répondit :

— Ce que je pense réellement, c'est que pour un enfant, il n'y a pas d'avenir dans les forêts du Moyen Âge.

Je ressentis le coup jusque dans le cœur, et je parvins à peine à demander :

— Ce qui signifie ?

— Simplement qu'il faut me promettre de ne pas demeurer au fond des grottes trop longtemps. Je n'ai jamais appris à dessiner des mammouths sur des parois rocheuses.

Le message était d'une telle clarté que je demeurai un moment silencieux, avant de murmurer :

— Ce n'est pas moi qui décide des affectations des professeurs des écoles.

— J'avais remarqué.

Sans doute pour tempérer le souffle de la brève tempête qui venait de se lever, elle me prit la main et ajouta :

— Ça nous laisse un peu de temps pour réfléchir.

18

Nous en restâmes là, mais il me sembla que quelque chose, entre nous, venait de se rompre. Et pourtant nous fîmes elle et moi des efforts au cours de ces vacances pour fréquenter les plages, la nuit, sous les étoiles, dans le parfum des pins mouillés par la brume océane. Malgré la douceur du sable encore chaud de la chaleur du jour et le charme du ressac battant comme un cœur, je ne cessais de m'interroger sur les raisons de la blessure qui demeurait ouverte en moi. C'était ridicule de réagir ainsi : que représentaient réellement Saint-Julien et son école ? Je n'y étais pas né, n'y avais aucune attache familiale, et je me trouvais au milieu d'un combat dans lequel je n'avais même pas le droit d'intervenir. Alors ? Qu'est-ce qui me liait à ce village et à son école ?

— Les enfants, répondis-je à Justine qui me posa la question, un soir où je songeais à Gabriel, à Maélis, à Léa, que je ne me sentais pas le droit d'abandonner.

— Tu m'avais pourtant toujours affirmé qu'un maître d'école ne doit pas s'attacher aux enfants, qui ne font que passer.

— C'est vrai.

— Alors ? Ne me dis pas que tu es tombé amoureux de ton amie Rose.

— Bien sûr que non !

— Alors ?

Elle ajouta, après un bref instant de réflexion :

— Je crois que tu as toujours eu besoin de défendre les causes désespérées.

— C'est un peu vrai. Mais là, ce n'est pas pareil.

— Tu peux mieux t'expliquer ?

— Je ne sais pas vraiment.

Mais je finis par ajouter, sans me douter de la réaction que ces quelques mots allaient provoquer :

— J'ai l'impression de défendre les miens.

— Les tiens ? Mais ils ne sont plus là-haut depuis longtemps !

Justine reprit, d'une voix accablée :

— Écoute, Nicolas ! il faudrait quand même que tu songes à l'avenir et que tu cesses de te complaire dans un passé révolu. C'est fini, là-haut, tu comprends ? C'est fini. Et pour notre enfant, s'il y a un enfant un jour, il devra vivre ailleurs.

Elle poursuivit, après un soupir :

— Son avenir, il n'est pas dans les forêts du Moyen Âge, ni dans les villages désertés, ni dans les grottes au fond des bois.

Je ne répondis pas : je savais qu'elle avait raison, et pourtant quelque chose, au plus profond de moi, m'attachait à Saint-Julien sans que je puisse m'en défendre. Je ne sais si cette conversation fut la cause véritable de notre départ précipité des plages océanes, mais, de fait, Justine fut rappelée en urgence, l'infirmière remplaçante étant tombée malade et les effectifs de l'hôpital étant limités au mois d'août. Je craignis un moment que ce ne fût là qu'un prétexte, mais non : c'était vrai ; Justine me montra le texto qui la rappelait. Et je m'en voulus de l'avoir soupçonnée, alors qu'elle était franche depuis toujours, pas du tout portée vers la dissimulation ou les demi-vérités.

C'est ainsi que je me retrouvai seul à Saint-Julien vers le 20 août, avec tout le loisir de préparer la rentrée de septembre. La canicule de l'été ne se montrait jamais ici, sur ce plateau, aussi sévère que dans les vallées : les nuits parvenaient à faire baisser la température et une légère brise se levait au matin, venue de la forêt, pour rafraîchir l'air saturé de la veille. Justine ne se plaignait plus de la route, au contraire : elle « respirait mieux qu'en bas », me disait-elle, et je me prenais à rêver d'une adoption définitive de ce plateau où elle me semblait souvent n'être que de passage.

Peu après mon arrivée, Rose m'apprit que les « forains » avaient bien emménagé dans le presbytère remis à neuf, ou presque. Deux de leurs enfants seraient scolarisés chez moi, l'un en première année du cycle, l'autre en deuxième année. Ils avaient pour prénoms Manuel et Maria : un garçon et une fille.

— Pas faciles, sans doute, me dit Rose, mais je compte sur vous.

Et elle ajouta, avec un sourire satisfait :

— Avec ces deux-là et ceux qui arrivent de Saint-Paul, vous en aurez seize.

J'allai rendre visite à Marilyne à Saint-Paul pour me renseigner au sujet des enfants qu'elle me transmettait, mais je la trouvai plus distante que d'habitude, et j'en conclus qu'elle avait engagé le combat aux côtés de son maire – ce qui se confirma, dès la première réunion du conseil des maîtres. La réalité était la suivante : sept élèves de CM2 étaient partis au collège, il m'en restait donc huit de l'année précédente (ceux du CM1) ; six m'arrivaient de Saint-Paul, et deux nouveaux : les petits forains. Le total était bien celui que m'avait annoncé Rose : seize enfants.

Les nouveaux se prénommaient Emma, Tiphanie, Lou, Marcel, Tom, Estéban, et parmi eux, un seul, Marcel, était un enfant à problèmes pour des raisons que ne me révéla pas Marilyne. Je devais le découvrir moi-même, hélas, dès les premiers jours de la rentrée, qui fut, comme chaque année, source d'interrogations sur mes capacités à faire face à la découverte des enfants nouveaux, et sur mon adaptation à des règlements dont les circulaires arrivaient toujours plus nombreuses (par mail désormais) non seulement en matière de pédagogie nouvelle, mais aussi en matière de sécurité.

J'avais l'an passé négligé l'obligation d'avoir un accompagnant lors des sorties, mais depuis la fugue de Lola, j'avais décidé d'y remédier et j'avais demandé à Rose l'autorisation d'emmener Virginie, celle qui s'occupait de la cantine, et avec qui je m'entendais bien. Elle aimait les enfants, et savait aussi s'en faire obéir. Rose m'avait donné son accord pour deux après-midi par semaine, et de ce point de vue-là, j'étais rassuré. Restait donc à accueillir les enfants ce premier matin de septembre, ce qui provoquait en moi, chaque année, une appréhension que je me reprochais tout en m'efforçant soigneusement de la dissimuler.

DEUXIÈME ANNÉE

1

La veille de la rentrée fit ressurgir en moi les mêmes questions et les mêmes doutes que ceux de l'an passé, et Justine en conçut une certaine irritation qu'elle eut du mal à dissimuler.

— Mais enfin! me dit-elle. Tu aimes les enfants ou ils te font peur? Il faudrait savoir, tout de même!

— Ils me font peur parce que je les aime, répondis-je sans réellement croire à ce que je disais.

Elle hocha la tête pensivement en murmurant:

— J'ai vraiment de plus en plus de mal à te comprendre.

Mais elle ajouta en souriant:

— Est-ce que toi, au moins, tu te comprends?

— Pas toujours.

— Ça ne me rassure pas! s'exclama-t-elle en prenant un air faussement accablé.

Nous parvînmes à en rire et continuâmes sur ce ton-là pendant quelques minutes, jusqu'à ce qu'elle s'interroge brusquement en ces termes:

— Je me demande s'il est bien raisonnable d'envisager d'avoir un enfant un jour.

— Enfin! Pourquoi dis-tu ça?

— Tu en as déjà quinze ou seize chaque année. Est-ce qu'il te restera un peu d'énergie pour le nôtre ?

— Mais bien sûr ! C'est ridicule ce que tu dis là !

Elle soupira, me dévisagea, murmura :

— Ce qui est ridicule, Nicolas, c'est que tu te mettes dans des états pareils chaque veille de rentrée.

Elle ajouta, comme je demeurais muet :

— Moi, ce qui m'ébranle, c'est quand je sais que je vais assister un chirurgien pour une opération de la dernière chance le lendemain. Je ne suis pas sûre qu'on joue le même match, toi et moi, mais je ne t'en veux pas pour autant. Les émotions ne se gèrent que sur une échelle personnelle, et sans doute n'est-on pas responsable de celles que nos neurones suscitent en nous.

Elle reprit, de nouveau souriante :

— C'est du moins ce que je crois… Enfin, ce que je m'efforce de croire. Tu vois ? Tout va bien.

Ce n'était pas tout à fait vrai. Je le devinais, mais je ne refusai pas de la suivre quand elle me proposa d'aller faire un tour en forêt – « pour décompresser » – ajouta-t-elle. Elle avait raison : une escapade de trois quarts d'heure au milieu des arbres sur un sentier sablonneux escorté de fougères nous fit à un moment donné retrouver des gestes que nous croyions avoir désappris. Ils nous conduisirent sur une mousse épaisse entre deux chênes, pour une étreinte aussi brève que délicieuse.

Après cette agréable diversion, je parvins à trouver le sommeil plus rapidement que d'habitude, sans que la moindre silhouette d'enfant ne vienne l'assombrir. Au matin, je dormais toujours. Justine me réveilla à six heures, et nous prîmes le temps de déjeuner face à face de pain grillé, de café et de fruits. Elle ne fit aucune allusion à notre conversation de la veille, et elle repartit à sept heures, en soldat courageux, vers ses combats quotidiens pour sauver de la mort celles et ceux que le destin conduisait vers elle, me laissant seul pour accueillir des enfants inconnus, mais auxquels, je le savais déjà, je ne pourrais m'empêcher de m'attacher plus qu'il n'était raisonnable. Et comme chaque matin de rentrée, je me sentais furieux de cette appréhension qui me saisissait chaque fois, et qui disparaissait comme par enchantement dès les enfants assis, face à moi, dans la classe.

Gabriel arriva le premier, grandi et souriant, des girolles dans une poche, dont il me fit présent en disant :

— Vivement les cèpes ! Il faut juste un peu d'eau, et c'est bientôt la lune vieille !

Il connaissait toutes les lois de l'univers naturel où les quartiers de la lune influent sur la pousse des champignons et des végétaux. Heureux dans son royaume, il ne me semblait pas inquiet à l'idée d'avoir à le quitter à la fin de l'année scolaire. Toutes ses certitudes l'y ramenaient, et rien ne le détournerait de ce qu'il avait décidé. Il savait qu'il était fait pour y régner, comme les arbres avec lesquels il entretenait des relations secrètes : je l'avais surpris au printemps en train d'enlacer un chêne et de lui parler avec des mots qu'il n'avait pas voulu me révéler. Il me demeurait inaccessible, étrangement proche pourtant, parfois, mais habile à regagner son domaine aux frontières infranchissables à la première tentative d'intrusion.

— Tu as perdu Léa en route ? lui demandai-je ce matin-là, surpris de le voir arriver seul.

— Sa mère avait des courses à faire au village. Elle m'a dit qu'elle la conduirait.

Effectivement, une voiture s'arrêta devant le portail et Léa en descendit, grandie elle aussi, presque méconnaissable dans une robe verte que je ne lui avais jamais vue. C'était incroyable comme les enfants pouvaient changer en deux mois ! Chaque année je me faisais la même réflexion, et chaque année j'en étais autant surpris.

Ensuite, le bus scolaire se gara sur le parking et en surgirent les six enfants qui m'étaient confiés en première année : Emma, une petite rousse au visage couvert de taches de son ; Tiphanie dont les vêtements me parurent rapiécés sans le moindre soin, et mal à l'aise dès l'abord, comme si elle avait honte de son accoutrement désuet ; Lou, une brunette vive et que j'allais découvrir pleine d'esprit ; Estéban, un garçon brun et farouche aux origines espagnoles évidentes ; Tom, un enfant timide et effacé, et Marcel, un garçon au regard fuyant et dont je m'aperçus, dès son entrée dans la cour, qu'il boitait.

Maélis n'était pas là. J'en fus surpris et inquiet, mais je ne pus m'attarder sur cette absence, car Clément et Clara arrivaient, assurés dans leur attitude d'élèves de deuxième année, qui connaissaient les us et coutumes de l'école et de sa cour de récréation. Ils vinrent vers moi sans hésitation, me saluèrent et retournèrent aussitôt vers Gabriel et Léa qu'ils retrouvaient, me sembla-t-il, avec grand plaisir.

Où étaient les enfants des forains ? J'attendis cinq

118

minutes de plus que l'heure réglementaire avant de faire entrer mes élèves dans la classe, où je plaçai les premières années au plus près de mon bureau, comme à mon habitude. Tous ces regards braqués sur moi exprimaient à la fois la crainte et la confiance, mais celui de Marcel, apeuré, me convainquit que cet enfant avait besoin d'aide. Je me promis d'interroger Marilyne à ce sujet le plus tôt possible, et je commençai à expliquer aux nouveaux comment allait se dérouler la matinée, quand on frappa aux vitres de la porte d'entrée.

C'étaient Manuel et Maria. Ils entrèrent sans attendre mon autorisation et ils ne prononcèrent pas le moindre mot d'excuse. Je me promis de leur expliquer que la ponctualité était indispensable pour accéder à ma classe. Le garçon souriait en plissant les paupières, et sa sœur jetait à droite et à gauche des regards de défi, comme s'ils étaient habitués à une certaine adversité, mais rien dans leurs vêtements ou la manière de se coiffer ne les différenciait des autres enfants.

Je les fis asseoir au fond et à droite, ne souhaitant pas qu'ils se trouvent entre les autres élèves et moi, afin qu'ils ne les perturbent pas par leur attitude indépendante peu compatible avec le minimum de discipline que je tentais d'instaurer. Je compris très vite que je rencontrerais avec eux des difficultés, quand Manuel, le garçon, se leva sans permission et fit le tour de la classe en examinant les tableaux sur les murs. Je dus le ramener moi-même à sa place en le prenant par le bras, car il parut ne pas m'entendre quand je lui donnai l'ordre d'aller s'asseoir. Ensuite, ce fut sa sœur qui se leva, et vint examiner les filles l'une après l'autre, sans agressivité, mais avec une insistance qui les contraria.

Qu'allais-je pouvoir faire d'eux ? Pour gagner du temps, je leur donnai un livre de lecture, puis je m'occupai des autres en commençant une préparation de vocabulaire et de grammaire qui se terminerait par une dictée, comme c'était la règle. Je fus agréablement surpris de constater que le niveau des nouveaux arrivants, surtout celui de Lou et d'Estéban, était meilleur que celui des élèves de l'an passé : quelques fautes d'accord, mais peu de fautes d'usage. Je fis ensuite la même constatation en arithmétique, la plupart des enfants ayant résolu le problème, très simple au demeurant, que je leur avais soumis.

Ce fut donc avec une certaine satisfaction que je donnai le signal de la récréation, et en me demandant comment les enfants de l'an passé allaient accueillir les nouveaux, et surtout les petits forains. D'abord ceux-ci demeurèrent à l'écart, mais Gabriel vint vers eux, et, en quelques mots seulement, cet enfant doué d'instinct réussit à les apprivoiser. Ils le suivirent vers les autres, tandis que je me demandais comment j'allais pouvoir me passer l'an prochain de ce garçon qui semblait attirer vers lui des êtres très différents, dont on pouvait croire qu'ils n'avaient aucun point commun, aucune affinité, sinon, peut-être, en l'occurrence, une proximité avec le monde naturel dont ils partageaient les secrets.

Je remarquai très vite que le petit Marcel continuait de boiter, même lorsqu'il s'agissait de suivre ses camarades en marchant d'un bout à l'autre de la cour. Je m'approchai, l'attirai à l'écart et lui demandai s'il avait mal à une jambe. C'était un garçon malingre et brun, aux yeux très vifs, mais pleins de crainte, et je compris que j'aurais du mal à obtenir une réponse. Je dus insister mais il se ferma complètement et je résolus de ne pas le questionner davantage. J'interrogerais Rose à son sujet à la première occasion. Pourtant, pendant toute la durée de la récréation, je constatai qu'il souffrait à la manière qu'il avait parfois de grimacer, ou de s'arrêter brusquement, comme pour laisser s'estomper une douleur. Il portait des pantalons et non des shorts comme les autres garçons, et je me demandai si ce n'était pas pour cacher des plaies ou, plus grave encore, des traces de coups. J'en étais là de mes réflexions quand je vis Clara danser, dans un coin de la cour, face à la petite foraine, et je mesurai encore une fois combien les facultés d'adaptation des enfants sont grandes.

Durant toute la matinée, je m'inquiétai de l'absence de Maélis, qui, d'ordinaire, ne manquait jamais l'école. Que s'était-il passé au cours des deux mois de vacances ? Virginie, que je questionnai à la cantine, ne sut me répondre, et j'attendis le soir avec impatience pour interroger Rose à son sujet, comme au sujet de Marcel. À midi, toutefois, la petite Tiphanie refusa d'entrer à la cantine, et voulut demeurer sous le préau pour manger le sandwich qu'elle avait apporté. Comme j'insistais, elle se mit à pleurer et m'avoua que ses parents n'avaient pas les moyens de payer les repas. Je ne pouvais pas laisser un enfant sans surveillance, et je parvins à la convaincre de me suivre à la cantine où je l'installai près de moi, tout en me promettant d'évoquer aussi son cas auprès de Rose, après l'école.

L'après-midi se passa bien, malgré la nécessité d'intervenir constamment auprès des petits forains, qui ne tenaient pas en place. Une leçon sur la vie de la forêt et l'avenir de notre planète intéressa vivement les enfants, et surtout Gabriel qui ne cessa d'intervenir, toujours à bon escient. Ce fut aussi le cas d'Estéban et de Lou dont l'intelligence me fit penser que l'année scolaire allait sans doute être plus enrichissante, pour tous, que l'année précédente. À la sortie, je vis Manuel et Maria suivre Gabriel et Léa dans la direction opposée au presbytère, tandis que Clara partait avec Clément vers le village, et que le car scolaire emportait les autres enfants, dont Tiphanie toujours submergée de tristesse, et Marcel qui avait passé la récréation de l'après-midi à me fuir.

20

Je commençais à m'occuper de mon cahier journal quand j'aperçus le Range Rover de Rose qui se garait sur le parking. Elle en descendit avec son agilité coutumière de femme habituée à l'activité physique et elle courut plus qu'elle ne marcha vers la mairie, non sans jeter un regard vers la classe où je travaillais. Je la rejoignis dans la salle de réunion où, visiblement, elle m'attendait, devant un parapheur qu'elle n'avait pas ouvert.

— Alors ? me demanda-t-elle, avec un peu d'inquiétude. Comment s'est passée cette rentrée ?

— Dans l'ensemble, assez bien ! Mais je me pose des questions au sujet de trois enfants.

Elle ne me demanda pas lesquels et, au contraire, elle m'interrogea aussitôt sur les deux petits forains.

— Pas trop difficiles ?

— Ils ne tiennent pas en place, et ils savent à peine lire. Je ne sais pas trop qu'en faire !

— Peut-être, mais au moins ils sont là. Et l'essentiel, c'est qu'ils y restent, n'est-ce pas ?

Je devinai que sa principale préoccupation se résumait à cette présence, ce qui me contraria un peu, car elle faisait peu de cas de mes difficultés à instruire des enfants de niveaux si différents.

— Mais je n'ai pas vu Maélis, dis-je aussitôt, pour tempérer sa satisfaction.

— Ah! Bon!

— Je ne sais pas ce qui se passe.

— Attendons demain. On verra bien.

— En revanche j'ai vu le petit Marcel et il m'inquiète.

— Pourquoi donc?

— Il a mal à une jambe et il boite. Je suis certain qu'il ne s'est pas fait mal tout seul.

— Comment ça?

J'hésitai un peu avant d'affirmer:

— Je crois que quelqu'un le frappe.

Rose soupira:

— Allons bon! Je croyais cette histoire réglée.

Stupéfait, je demandai, non sans pouvoir dissimuler ma surprise et mon irritation:

— Vous êtes au courant?

— Plus ou moins!

Je sursautai d'indignation:

— Comment ça, plus ou moins?

— J'ai entendu parler de cette affaire.

— Et vous ne m'avez rien dit?

— Je croyais le problème réglé depuis que le père s'est soumis à une cure de désintoxication. Vous savez, ce ne sont pas des choses dont on parle si facilement. Et comment savoir vraiment ce qui se passe à l'intérieur des familles?

J'étais sidéré. Tout le monde savait, y compris Marilyne qui ne m'avait même pas prévenu.

— Je ne peux pas accepter ça ! dis-je à Rose. Cet enfant souffre et il essaye de le cacher.

— Si le père boit toujours, il faut agir, bien sûr, m'approuva-t-elle.

— Je m'en occuperai dès ce soir.

— Vous avez raison. Il ne faut pas attendre.

Ensuite, je lui parlai de Tiphanie qui refusait d'entrer à la cantine et mangeait un sandwich sous le préau.

— Le père et la mère sont au chômage, me confia Rose. Il a perdu son travail il y a six mois et elle n'est pas en bonne santé.

Décidément, il existait des familles sur lesquelles le sort ne cessait de s'acharner ! J'en fis le constat à Rose qui me répondit :

— Je vais arranger ça, ne vous inquiétez pas. Un repas de plus ou de moins, c'est pas ça qui va ruiner la commune.

— Merci !

Elle me dévisagea, sourit, et demanda :

— Pourquoi me remerciez-vous ?

— Vous le savez très bien. Je n'aime pas voir un enfant demeurer à l'écart des autres.

— Moi non plus, mais je ne peux pas faire face à toute la misère du monde.

— En l'occurrence, vous l'avez dit vous-même : c'est peu de chose.

— Nous sommes d'accord ! conclut Rose.

Elle avait du travail, et moi aussi. Je la quittai sur ces mots, rassuré : elle demeurait fidèle à l'image de cette femme énergique dont j'avais fait la connaissance un an auparavant, et qui ne m'avait jamais déçu. Cependant, sitôt parvenu chez moi, je téléphonai à Marilyne pour lui faire part de mon mécontentement de n'avoir pas été prévenu des dangers que courait le petit Marcel.

— J'ai dû alerter trois fois le service de la protection de l'enfance, et il a fallu attendre un mois avant qu'on m'envoie une assistante sociale pour mener une enquête, me répondit-elle. Je suis intervenue dès le premier jour où j'ai vu arriver Marcel. Ensuite, l'enquête a pris du temps pour aboutir, et le père, qui est un homme violent, a enfin été condamné à suivre une cure de désintoxication… mais pas davantage.

— Et la mère ?

— Elle est terrorisée par cet homme qui, d'ailleurs, a des appuis un peu partout.

Elle ajouta, d'une voix lasse :

— Il colle des affiches, lors des élections, jusqu'au chef-lieu, et il n'hésite pas à faire le coup de poing. Tout le monde le craint.

— Ça n'explique pas tout.

— Le petit allait mieux, et ne souffrait de rien au moment des dernières vacances. J'ai vraiment cru que le problème était réglé.

Marilyne paraissait sincère et je la crus. Mais dès ce soir-là, j'envoyai un mail à l'inspection académique et au service de protection de l'enfance, et dès le lendemain je renouvelai ces messages par courrier postal. Je me promis également d'aller rendre visite à la mère de Maélis dès que possible, et j'eus du mal à préparer les cours, tellement j'étais préoccupé par les découvertes de la journée qui venait de s'écouler.

Quand Justine arriva, à sept heures, elle me lança en me voyant la mine sombre :

— Ils tirent des balles ou des cartouches ?

126

Mais cette plaisanterie, au demeurant bien intentionnée, ne parvint pas à me dérider. Elle ajouta, déconcertée :

— Personne n'est mort au moins ?

Et, un ton plus bas, comme je ne répondais pas :

— Moi, aujourd'hui, j'en ai eu deux.

Pour faire tomber la tension qui menaçait de s'installer entre nous, je finis par lui parler de Maélis, de Tiphanie et de Marcel, et elle me dit, retrouvant son sourire :

— Je pensais vivre avec un professeur des écoles, et me voilà en ménage avec une assistante sociale. Est-ce que par hasard tu ne sortirais pas un peu du cadre de tes fonctions ?

— Parce que tu penses que je ne dois pas m'occuper d'un enfant en danger ?

— Bien sûr que si !

— Alors ?

Elle haussa les épaules, soupira :

— Tu ne résoudras pas tous les problèmes de violences conjugales ou de chômage.

Et elle ajouta, en me prenant la main :

— Ni toi ni personne, d'ailleurs.

— Ce n'est pas une raison pour renoncer à les combattre !

— J'en vois plus que toi tous les jours, murmura-t-elle. Les coups et blessures à soigner, c'est notre lot quotidien.

Je renonçai à poursuivre sur ce thème, sachant qu'elle affrontait des problèmes autrement plus compliqués que les miens. Mais cette conversation me trotta dans la tête une bonne partie de la nuit, et je ne réussis à m'endormir qu'au matin. À mon réveil, les problèmes constatés la veille se trouvaient toujours devant moi, et je parvins à me persuader que le seul moyen de les résoudre était d'y faire face, comme à mon habitude.

21

Ainsi, au cours des jours qui suivirent, j'engageai un combat qui se révéla difficile et périlleux. Je n'eus pas le loisir de profiter des beaux jours de cette saison que j'aime tant, avec ses haleines de vent tiède, ses couleurs de cuivre et d'or, ses parfums de fougères et de champignons, ses soirées douces que le soleil ne parvient pas à prolonger, et qui s'épuisent sous un ciel d'orange trop mûre à l'horizon.

Je n'eus pas un instant à moi, trop pris que j'étais par les démarches nécessaires en dehors des heures de classe. Et d'abord une visite à la mère de Maélis, qui refusait toujours mes demandes d'entretien et que je trouvai affolée, car sa fille ne voulait plus sortir de sa chambre. Et quand je lui demandai ce qui s'était passé pour qu'elle s'enferme ainsi, elle crut que je l'accusais d'être responsable de cette situation, et elle se mit à se lamenter. Je dus la rassurer pendant de longues minutes avant qu'elle ne m'avoue que Maélis refusait obstinément de revenir à l'école.

— Et pourquoi donc?

— Je ne sais pas. Elle ne veut pas le dire.

— Lui avez-vous demandé, au moins?

— Bien sûr !

— Lui avez-vous expliqué que l'école est obligatoire ?

— Elle ne veut rien entendre.

— Qu'a-t-elle fait pendant les vacances ?

— Elle est restée dans sa chambre, occupée à son ordinateur.

— Vous n'êtes pas partis ?

— Son père n'a pas eu de congés.

Je réfléchis un moment avant de demander :

— Est-ce que je peux lui parler ?

— Vous pouvez toujours essayer, mais elle ne vous écoutera pas. J'en suis sûre.

Je montai les marches une à une et m'approchai de la porte de la chambre de Maélis, où je murmurai, d'une voix que je voulus la plus douce possible :

— Maélis ! C'est moi, ton maître d'école.

Pas de réponse. Je devinai pourtant un silence attentif derrière la porte – un silence qui m'encouragea à poursuivre :

— Je ne sais pas ce qui t'empêche de venir à l'école, mais tu peux m'en parler, si tu veux.

Toujours le silence.

— Si quelque chose te fait peur, il faut me le dire. On trouvera une solution ensemble.

Pas de réponse.

— Tu sais, Maélis, l'école est obligatoire et si tu n'y viens pas, tes parents risquent d'avoir des ennuis.

Je compris aussitôt que je n'aurais pas dû prononcer cette phrase qui portait en elle une menace. J'entendis des pas s'éloigner de la porte ; le contact était rompu. J'insistai encore, mais vainement, pendant cinq minutes, puis je redescendis, impuissant, et c'est au moment où je prenais congé de la mère qu'une idée me vint : Maélis était tellement douée pour les nouveaux moyens de communication qu'elle avait sans doute une adresse mail. Je posai la question à la mère qui ne sut me répondre, mais elle me montra des papiers administratifs où, effectivement, figurait une adresse. Alors je repartis, avec en moi l'espoir d'avoir peut-être trouvé le seul lien que cette enfant pouvait saisir, dans la mesure où elle ne s'exposait pas ainsi à un contact direct qui la faisait souffrir.

J'étais bien décidé à la contacter dès que possible, ce que je fis le soir même, en espérant une réponse pendant la nuit. Il n'y en eut pas. Je dus attendre quarante-huit heures, avant d'en recevoir une qui disait : « Ce que j'entends à l'école ne m'intéresse pas. Chez moi, j'ai accès à ce qui me fait du bien : les sites de défense des animaux. Je corresponds avec ceux qui les aiment et qui les soignent. Je ne reviendrai pas à l'école. »

Que faire ? J'étais dans l'obligation de signaler cette absence prolongée à l'inspecteur, mais je ne me sentais pas le droit de dénoncer cette enfant en souffrance, et de la trahir par la même occasion. Je ne pus m'y résoudre et me plaçai ainsi dans une situation indéfendable, face à un problème qui me dépassait. J'en étais là de mes réflexions quand je fus convoqué à une journée d'animation pédagogique, un mercredi, où ma présence était obligatoire. Ces journées étaient censées nous enseigner les dernières innovations en matière de pédagogie et nous donner connaissance des ultimes directives du ministère. J'attendis la coupure entre midi et deux heures pour m'adresser au conseiller pédagogique, afin de l'entretenir du cas de Maélis.

— Tu ne peux pas tergiverser, me dit-il. Les parents doivent être convoqués et mis en demeure d'envoyer leur fille à l'école, qui est obligatoire comme tu le sais.

— Cette enfant présente des troubles autistiques.

— Dans ce cas, il faut réunir l'équipe éducative et les parents pour mettre en place un dispositif adapté, et en informer l'inspecteur qui en référera au directeur académique des services de l'Éducation nationale.

— Les parents ne répondent pas à mes demandes d'entretien. Ils sont eux aussi murés dans le silence.

— C'est à toi de les persuader.

Je compris que j'étais seul pour faire face à cette situation, et dès cinq heures du soir, après m'être assis au fond de la salle en me désintéressant ouvertement des propos du conseiller, je repartis furieux, mais bien décidé à trouver moi-même une solution à un problème qui, très probablement, n'en avait pas.

22

Huit jours passèrent ainsi avant la réunion du conseil des maîtres auquel je me soumis, mais sans grand espoir. Effectivement, on me fit observer que je n'avais que trop tardé et que j'avais commis une faute : je devais dès le lendemain informer l'inspecteur, c'est-à-dire trahir cette enfant qui n'acceptait de contact qu'avec le monde qu'elle avait choisi : le seul au sein duquel elle ne souffrait pas. Rose, elle, insistait pour que la petite regagne l'école à tout prix, et je savais très bien pourquoi : aucun élève ne devait disparaître des effectifs.

J'en étais là de mes réflexions quand un soir, vers six heures, j'entendis hurler dans la cour. Je sortis aussitôt pour me retrouver face à un énergumène qui gesticulait en criant :

— C'est vous qui prétendez que je bois et que je frappe mon fils ?

Je compris tout de suite à qui j'avais affaire. Le service de protection de l'enfance avait lancé une enquête bien plus rapidement que je ne l'avais pensé. Je ne m'étais évidemment jamais trouvé face à une telle situation. Mon premier réflexe fut pourtant de faire un pas vers ce colosse barbu aux yeux fous, au lieu de reculer. La seule explication que je trouvai plus tard à ce pas de défi fut la vision du petit Marcel essayant vainement de suivre ses camarades heureux de courir dans la cour. Une telle rage monta en moi que ma première stupeur me quitta.

— Votre fils boite et quelqu'un le frappe! dis-je en tentant de crier plus fort que ce fou halluciné.

— C'est vous qui le frappez! répliqua le bonhomme avec une assurance qui me glaça, au point que le sang me parut se retirer de mon corps.

— Qu'est-ce que vous dites? Vous prétendez que je suis capable de frapper un enfant?

— C'est déjà arrivé. On me l'a dit.

— Qui vous a dit ça?

— Ça ne vous regarde pas. Mais je vous préviens, au tribunal ce sera votre parole contre la mienne.

Et avant même que je puisse répondre, il fit demi-tour, hurlant toujours, et il disparut aussi soudainement qu'il était arrivé. Je demeurai immobile un long moment, submergé par une vague de dégoût et de colère. Heureusement je me repris très vite, en pensant au témoignage possible de Rose et des enfants au cas où la menace du père de Marcel se concrétiserait. Je n'allais pas reculer devant un homme qui maltraitait son fils! Comme je l'espérais, je fus conforté par Rose dès qu'elle arriva à la mairie ce soir-là. Elle me promit d'agir si cela se révélait nécessaire: personne n'avait le droit de venir menacer «son maître d'école».

Ce fut le cas. Je ne revis plus jamais cet homme qui, au terme de l'enquête, fut contraint de s'éloigner de son domicile. Marcel, lui, put retrouver sa joie de vivre et courir auprès de ses camarades, où, bientôt, Maélis fit sa réapparition. En effet, j'avais fini par trouver la solution en m'adressant à une enfant qui était originaire de Saint-Paul, comme elle : la petite Lou. Elle connaissait bien Maélis pour être allée une ou deux fois lui rendre visite chez elle, où elles avaient joué à des jeux vidéo.

J'avais expliqué à Lou que c'était grave, pour Maélis, de demeurer enfermée dans sa chambre et que, surtout, j'allais devoir prévenir les services concernés de l'académie. Rose, qui s'était rendue à plusieurs reprises chez la mère de Maélis, n'était parvenue à rien, pas plus que moi. Mais une enfant, et Lou en particulier, n'avait-elle pas le pouvoir de renouer avec Maélis, et peut-être de la convaincre de retourner à l'école ? Comme je lui avais expliqué que Maélis passait ses journées sur des sites consacrés aux animaux, Lou eut une idée qui se révéla décisive : elle envoya à Maélis la photo du petit chien qu'elle venait de recevoir pour son anniversaire, et elle parvint à la convaincre de venir le voir. Des liens de confiance s'établirent aussitôt entre les deux petites filles, mais aussi avec la mère de Lou qui apprit lors de leur rencontre que Maélis, en fait, ne supportait pas la promiscuité qui régnait dans le bus scolaire. La présence trop proche et souvent exubérante des autres enfants l'effrayait. La mère de Lou proposa alors de la conduire avec sa fille tous les matins à Saint-Julien, et de revenir les chercher chaque soir. C'était une femme dynamique, qui présidait plusieurs associations, et qui avait donc l'habitude de faire face aux situations les plus délicates. Elle y fut autorisée sans hésitation par les parents de Maélis.

À mon grand soulagement, Maélis accepta, et les problèmes de cette rentrée scolaire finirent par se résoudre, ce qui me mit enfin dans des dispositions d'esprit propres à faire progresser tous les enfants, comme c'était ma mission. Je compris pourtant que Manuel et Maria n'étaient pas, eux, de cet avis : ils se mirent à manquer l'école sans explication, parfois une demi-journée, parfois une journée, et je dus alerter Rose qui alla reprocher ce manque d'assiduité aux parents. Ceux-ci feignirent de s'en étonner : selon eux, Maria et Manuel partaient chaque matin à l'école et revenaient le soir avec livres et cahiers.

Je n'eus pas à creuser bien loin pour apprendre où les conduisaient leurs escapades : Gabriel, lui, savait. Chaque pousse de cèpes les attirait dans la forêt où Gabriel leur avait enseigné les coins les plus favorables. Et les deux petits forains vendaient leur récolte au ramasseur professionnel, ce que n'ignoraient pas les parents. Au contraire, ceux-ci les encourageaient, car ce petit revenu leur était précieux. Rose et moi, alors, pour éviter qu'ils ne désertent le village, dûmes transiger : il fallut accepter ces escapades jusqu'à la fin de la pousse des cèpes. Après, aucune absence ne serait plus tolérée. Une fois ce marché conclu, je cessai de me préoccuper de Manuel et de Maria et m'évertuai à mieux connaître ces enfants qui m'avaient été confiés au début de septembre.

Estéban, d'abord, un enfant très sérieux, dont le père était maçon à Puy-Lachaud. Ce garçon montrait de grandes facilités en français. Il avait aussi un goût étonnant pour la poésie qu'il récitait avec des intonations toujours justes et une gravité émouvante. Je me demandais souvent à son sujet d'où il tenait cette sensibilité et je compris en l'interrogeant que sa mère, qui assurait le secrétariat et la comptabilité de l'entreprise de maçonnerie, lisait beaucoup et l'incitait à faire de même.

Tom, lui, venait de Saint-Paul, où son père était électricien. Je remarquai alors qu'avec les métiers de la forêt, l'artisanat survivait plutôt bien sur le plateau. Cet enfant était d'une extrême timidité et ne se liait pas avec les autres, sauf avec Gabriel. Mais qui ne se serait pas entendu avec ce garçon qui régnait toujours sur la cour et sur la classe, avec cette sorte de hauteur chaleureuse qui le caractérisait ?

Lou se montrait brillante dans toutes les matières car elle bénéficiait de l'ouverture d'esprit de sa mère, mais aussi de son père qui travaillait à la bibliothèque du chef-lieu. Emma, la petite fille au visage criblé de taches de rousseur, était très douée pour les mathématiques mais faisait toujours plus de dix fautes aux dictées qu'elle accueillait avec des soupirs accablés. Je dus lui démontrer que l'orthographe était aussi importante que l'arithmétique, mais jamais elle ne me fit la faveur de me croire et elle se réfugia dans une résignation qui, heureusement, n'était en aucun cas hostile.

Quant à Tiphanie et Marcel, tous deux étaient les plus fragiles pour des raisons différentes mais également évidentes : elle souffrait de la situation précaire de ses parents, et Marcel, lui, gardait encore en lui le souvenir douloureux de la menace permanente et des coups qu'il avait subis. Ce fut à eux que je dispensai le plus d'attention pendant deux mois, jusqu'aux vacances de la Toussaint. Ils en avaient grand besoin. La reconnaissance muette mais sincère que je lus dans leurs yeux m'accompagna chaque jour jusqu'à la séparation de novembre, qui surgit en même temps que les premières manifestations de l'hiver.

23

Cette année-là, il n'y eut pas d'été de la Saint-Martin. La pluie et le vent se manifestèrent brutalement une nuit et s'installèrent pour plusieurs jours. Une étrange brume se mit à voguer sur le plateau, transpercée par endroits de reflets de lumière venus d'on ne savait où, mais qui fraîchissait dès cinq heures de l'après-midi.

— Bientôt la neige ! me disait chaque soir Justine en rentrant. Je vais pouvoir enfin passer mes soirées dans la civilisation. Carole est d'accord pour m'accueillir, comme l'an dernier.

Le ton de plaisanterie dont elle usait ne parvenait pas à dissimuler sa fatigue à faire le trajet chaque jour entre la ville et l'école où nous vivions. Pour autant, je ne considérais pas ses propos comme une menace de sécession, sachant que ce qui nous liait avait résisté à d'autres tempêtes. Mais je ne trouvais pas le courage de lui avouer que le plateau me plaisait, que j'y avais retrouvé ma vraie nature, un lieu où je me sentais désormais chez moi. Moi qui croyais à la mémoire des gènes et considérais cette nouvelle vie comme des retrouvailles avec une part essentielle de mon être, je n'osais formuler cette vérité devant elle, dont je connaissais le peu de goût pour l'introspection. La réalité à laquelle elle était confrontée chaque jour lui interdisait les vaines élucubrations dont j'étais coupable à ses yeux. Je le comprenais parfaitement, mais je m'inquiétais de cette faille qui se creusait entre nous, malgré nos efforts pour la combler.

Une accalmie dans les intempéries me permit, à la mi-novembre, de conduire deux fois les enfants dans la forêt qui était lourde du parfum des feuilles et de la mousse saturée d'eau. Je leur appris à différencier les feuillus des conifères, et à identifier tous les arbres : les chênes, les châtaigniers, les hêtres, les ormes, les charmes, les bouleaux, les douglas, les sapins, les mélèzes, les épicéas, tous ceux qui peuplaient cette forêt où s'exprimait une liberté que la salle de classe n'autorisait pas. Je leur appris également à identifier chaque feuillu, leur expliquai le temps qu'il fallait aux uns et aux autres pour devenir adultes, à quel âge on pouvait les couper, et comment replanter après une coupe.

Sur l'initiative de Rose, j'avais fait la connaissance du père de Gabriel qui manœuvrait une Timberjack, cette sorte d'immense mante religieuse qui coupe les troncs, les ébranche et les scie en rondins calibrés pour les scieries. Gabriel s'était montré fier de son père qui, à cette occasion-là, lui avait un moment confié les manettes de la gigantesque machine que les élèves, médusés, observaient, près de moi, à distance. Et nous avions commenté pendant une semaine cette escapade qui nous avait fait découvrir le vrai travail de la forêt. Pour insister sur le thème de la protection de la planète, j'avais longuement expliqué aux enfants que la loi française obligeait les forestiers à replanter après une coupe. Rose était intervenue dans la classe à cette occasion-là, et j'avais ressenti à quel point la présence des enfants lui était précieuse. Elle m'avait remercié de lui avoir favorisé ce contact avec les élèves d'une école qu'elle défendait avec tant d'énergie.

Ces sorties en forêt cessèrent avec les premières neiges, et donc, pour moi, les premières soirées solitaires en l'absence de Justine. Je rallumai le poêle dans la salle de classe et retrouvai les habitudes de l'an passé : très peu d'élèves si le bus ne passait pas, du temps devant moi pour préparer les leçons à venir, en creuser les sujets, me rapprocher encore plus des enfants que la neige n'arrêtait pas, notamment de Léa, toujours accompagnée par Gabriel. Je lui fis reprendre toutes les leçons, tous les exercices effectués depuis le début septembre. Ce ne fut, hélas, que pour constater qu'elle ne comprenait pas mieux que la première fois. Cette enfant avait vraiment des problèmes qui nécessitaient une autre approche, et je me dis, non sans un sentiment de culpabilité, que je ne pouvais plus grand-chose pour elle.

Une journée de formation à l'autre extrémité du département – nous avions l'obligation de participer dix-huit heures par an à ces journées que le ministère de l'Éducation nationale considérait comme indispensables – me permit de vivre une aventure qui me fit froid dans le dos – c'est vraiment le cas de le dire. J'étais parti le mercredi matin sous un ciel sans nuages vers la ville, et toujours de mauvaise humeur à cette occasion-là, car j'admettais difficilement d'avoir à être « formé » après deux ans d'IUFM et bientôt sept ans de pratique.

140

Mais le soleil revenu, ce matin-là, donnait à la route déneigée et aux arbres qui l'escortaient un éclat magique qui faisait resplendir les branches figées par le froid. Je descendis dans la vallée, réconforté par cette beauté dont la magie diminua, pourtant, au fur et à mesure que la neige disparaissait sur les bas-côtés. Puis la route me parut longue jusqu'à la sous-préfecture où se tenait la journée de formation, et, à peine arrivé, il me tardait déjà de repartir vers le plateau que j'avais quitté dans des dispositions d'esprit beaucoup plus positives.

Aussi ce fut avec résignation et bien peu d'attention que j'écoutai le formateur chargé de nous apporter la manne d'une connaissance approfondie de la pédagogie moderne. Et en fin de matinée, alors que mon regard s'attardait par la fenêtre, j'aperçus les premiers flocons de neige, très surprenants dans cette basse vallée à cette heure du jour. D'abord, je ne m'en inquiétai pas, mais, quand ils finirent par recouvrir la cour, je compris que mon retour à Saint-Julien n'allait pas être facile. J'essayai vainement d'évoquer le sujet avec le formateur, mais il me répondit de ne pas m'inquiéter : je serais libre dès seize heures.

Je me résignai donc à patienter jusqu'au moment de la délivrance, alors que la neige tombait toujours sous un ciel bas, et que déjà la nuit s'annonçait. Je partis en toute hâte et tentai de couvrir rapidement les quarante kilomètres qui me séparaient du bas du plateau. La route était encore praticable car de nombreuses voitures passaient, laissant un sillage que mes pneus neige suivaient sans glisser ni patiner. Je parvins à la départementale qui montait vers Saint-Julien vers cinq heures et demie, et dès le premier kilomètre je compris que l'affaire allait être périlleuse : là, pas le moindre sillage, mais une épaisseur de trente centimètres qui dissimulait les bas-côtés dans la faible lueur de mes phares que les flocons emprisonnaient.

Je parvins à parcourir cinq kilomètres en roulant au pas, mais sans rencontrer le moindre véhicule. La déneigeuse ne passerait pas avant le lendemain matin. Je pensais à Justine, mais sans véritable crainte : avec un temps pareil, elle ne s'aventurerait pas sur la route et dormirait chez son amie. Quant à moi, penché sur mon volant, et bien que rassuré par la qualité de mes pneus, je m'évertuai à distinguer les limites de la route que la nuit, maintenant, avait ensevelie. Et ce que je redoutais arriva dans un virage en dévers : ma roue avant droite bascula dans un fossé profond d'un mètre, et ma voiture se coucha aussitôt du même côté. Dans cette position inconfortable, je n'avais qu'une solution : tenter d'en sortir et appeler du secours. Ce que je fis en me hissant par la portière puis en téléphonant à Rose, car je n'avais pas sur moi les coordonnées du dépanneur de Sédières.

— Je l'appelle, me dit-elle. Rentrez dans votre voiture. Il fait très froid.

— Je ne peux pas : elle est couchée sur le côté.

— Bon ! Je vais venir moi-même. Je serai là plus vite que le dépanneur.

— Vous croyez que vous pourrez passer ?

— Je vais essayer.

J'appelai Justine pour lui expliquer la situation et surtout lui recommander de ne pas chercher à monter à Saint-Julien.

— Tu en es loin ? me demanda-t-elle.

— Six kilomètres.

— Tu dois avoir froid.

— Un peu.

— Ne reste pas immobile. Essaye de bouger. Marche ! Cours, si tu peux !

Et elle ajouta avant de raccrocher :

— Tu as intérêt à construire un igloo ! Je ne voudrais pas te retrouver transformé en Yéti !

Elle ne perdait jamais son sens de l'humour, mais je n'avais pas envie de plaisanter à l'idée de rester sans secours sur cette route déserte sous la neige qui tombait toujours, mais en petits flocons, à présent, dont les pointes acérées me piquaient les yeux. Je commençai alors à faire des allers et retours sur une cinquantaine de mètres, mais ce n'était pas facile avec mes chaussures de ville qui n'adhéraient pas au sol enfoui sous la couche épaisse. Je tombai à plusieurs reprises, me relevai en m'époussetant comme je le pouvais, battis mes flancs avec mes bras et, bientôt épuisé, je me réfugiai sous les branches d'un hêtre en espérant que Rose ne tarderait pas.

Très vite, le froid m'envahit et je ressortis de mon abri pour me remettre à marcher à tout petits pas, puis m'arrêtai, saisi tout à coup par la pensée que si Rose n'arrivait pas, je pouvais mourir de froid, ce soir même, absurdement, à cause d'une administration peu soucieuse des intempéries en fixant la date d'une séance de formation obligatoire en plein hiver. La colère me fit bouillir intérieurement et, curieusement, elle me rendit des forces. Je recommençai à marcher tout en criant de temps en temps ma rage et mon impuissance, dans un silence de crypte qui ne me renvoyait aucun écho. J'étais seul, perdu, sans le recours possible de ma voiture en position trop instable pour être utilisée.

Mes pieds étaient glacés, et je ne pouvais abriter mes mains dans mes poches, car elles amortissaient mes chutes fréquentes chaque fois que je glissais. Une sorte de consentement à l'inéluctable m'envahit peu à peu, sans éveiller en moi le moindre sentiment de culpabilité. Je restais immobile au milieu de la route quand je crus distinguer la lueur des phares d'une voiture loin devant, à travers les arbres. Deux minutes passèrent qui me semblèrent durer un siècle, avant que le Range de Rose apparaisse, couvert de neige, fantôme gris qui stoppa devant moi incapable d'esquisser le moindre geste. Il fallut que Rose descende pour m'aider à entrer dans la cabine du quatre-quatre où la chaleur, aussitôt, me fit pleurer les yeux.

— Mais qu'est-ce que vous faites dehors avec un temps pareil? me demanda-t-elle.

— Une séance de formation à la sous-préfecture.

— Et vous n'aviez pas vu la météo?

— Il faisait beau, ce matin, quand je suis parti.

— Oui, mais c'était ce matin!

En cette saison, elle avait toujours un thermos de café chaud dans son Range, et elle m'en servit une tasse que j'eus du mal à tenir entre mes doigts frigorifiés.

— Et pas de gants, bien sûr! grinça Rose. Mais à quoi pensez-vous?

— Je pense que je ne suis peut-être pas fait pour vivre ici.

— Allons! Ce n'est rien! Demain il fera beau: c'est

ce que dit la météo. Et dans quarante-huit heures la neige aura fondu !

Je ne partageais pas son optimisme et pourtant sa prévision se révéla exacte. Justine put remonter le lendemain soir, et elle me demanda, quand je lui racontai mon aventure :

— Crois-tu qu'on va devoir passer un autre hiver ici ?

— Je ne vois pas comment faire autrement.

Le regard qu'elle me lança me fit comprendre que j'aurais mieux fait de me taire, mais elle n'insista pas.

Heureusement, au cours des semaines qui suivirent jusqu'à Noël, le temps demeura clément ou presque : aucune chute de neige telle que nous en avions eu au début du mois. Je m'en félicitais intérieurement, car Justine aurait très mal vécu l'impossibilité d'aller passer les fêtes chez ses parents. Mais ce jour-là, devant la cheminée de la maison familiale, je me suis demandé sérieusement combien de temps sa patience allait l'emporter sur la contrariété d'avoir à parcourir vingt kilomètres aller et retour chaque jour dans des conditions souvent difficiles. Je n'osai pas lui avouer, tandis que pour moi les vacances continuaient alors qu'elle partait au travail chaque matin, combien la sensation délicieuse de refuge dans l'appartement bien chauffé avait rapidement balayé la peur d'une heure ou deux passées dans une nuit glaciale quelque temps auparavant. Et ce fut avec bonheur que je vis se découvrir le ciel la veille de la rentrée, au début de janvier : j'allais pouvoir retrouver tous les enfants sans crainte d'apprendre que le bus de ramassage ne passerait pas.

24

Le 7 janvier, ils étaient tous là, effectivement, et parmi eux ceux dont je me souciais le plus : Maélis, Léa, Tiphanie, Marcel, mais aussi Maria et Manuel. Gabriel, lui, arriva avec, dans les mains, un petit lièvre paralysé par le froid qu'il avait capturé je ne sais comment, et que toute la classe adopta aussitôt. J'en profitai pour enchaîner sur une leçon sur les animaux qui peuplaient la forêt, et terminai en insistant sur la nécessité de ramener le levraut une fois réchauffé près du gîte de ses parents, sans quoi il ne survivrait pas. Les filles protestèrent, mais ce fut notre sortie de l'après-midi, et le petit animal, revigoré, détala vers un roncier voisin.

À partir de ce jour, chaque matin ou presque, Gabriel apporta un animal ou un oiseau qu'il piégeait sur les chemins sans jamais daigner nous expliquer comment. Il cessa subitement un lundi, ayant sans doute jugé que son prestige finirait par souffrir de la banalité de ses exploits quotidiens. Je compensai alors ces séances de science de la nature par l'apprentissage de saynètes censées combattre la timidité des uns et des autres. Clara excella dans ces exercices qu'elle pratiquait assidûment avec sa mère, mais qui, par comparaison, à cause d'une émotion qu'elles maîtrisaient mal, emprisonnaient les autres filles dans leur timidité. Pour ne pas les placer trop souvent en état d'infériorité, j'y renonçai rapidement, et je m'en tins aux récitations auxquelles elles étaient habituées. Les progrès manifestés par la plupart des enfants me réjouirent et me rassurèrent sur l'efficacité de mon enseignement, mais ils me firent aussi mesurer combien le gouffre se creusait entre eux et Maélis et Léa. Une réunion du conseil des maîtres, fin janvier, me convainquit d'agir, car elles étaient censées quitter l'enseignement primaire à la fin de l'année scolaire et je ne les voyais pas s'intégrer dans une classe de sixième d'un collège. J'avais longtemps hésité à agir, mais je ne pouvais plus reculer.

En examinant la procédure à suivre avec mes deux collègues, j'avais compris que le chemin serait long et compliqué : il fallait d'abord saisir la commission des droits et de l'autonomie des personnes handicapées, qui, outre plusieurs missions, était chargée de l'insertion des enfants dans le milieu scolaire en fonction du degré de leur handicap. Ensuite, après examen d'un médecin, le dossier devait être transmis à l'académie où le directeur de l'Éducation nationale affecterait, éventuellement, l'enfant dans une ULIS ou un établissement spécialisé. Mais au bout du compte, il faudrait l'accord des parents, et je savais que ce ne serait pas facile, du fait de la distance à parcourir quotidiennement vers l'ULIS la plus proche, mais surtout à cause de leur incapacité à affronter une cruelle vérité : leur enfant n'était pas comme les autres, et il avait besoin d'aide.

La mère de Léa accepta le rendez-vous fixé par la secrétaire de la commission pour établir un dossier, mais pas la mère de Maélis. Cette dernière vint me voir à ma demande, et cette fois avec son mari : un colosse brun aux bras énormes et aux yeux d'un noir inquiétant, qui, manifestement, avait d'autres soucis, et notamment celui de repartir très vite pour retrouver son travail de chauffeur-routier – il avait à cette occasion demandé un congé. Il me parut évident que cet homme à la puissance physique étonnante était en admiration devant sa fille si fragile, mais capable de rentrer en relation avec le monde entier grâce à sa science innée de l'informatique. Aussi refusa-t-il obstinément d'admettre que Maélis avait un problème d'intégration, et qu'elle avait besoin d'être protégée. Sa femme l'approuva en tout point, et je ne pus les convaincre de se rendre au chef-lieu, auprès de la secrétaire de la commission dont la dénomination «droits et autonomie des personnes handicapées» les décontenança et les effraya.

Les parents de Léa, eux, acceptèrent, et la procédure put s'engager, à mon grand soulagement. Peut-être au moins allais-je gagner cette partie-là. Et je me mis à attendre une décision qui tarda mais dont l'instruction me valut une visite de l'inspecteur qui avait hérité du dossier. Ce n'était plus celui dont j'avais fait la connaissance lors de ma dernière année avant mon affectation à Saint-Julien, mais un homme d'une quarantaine d'années, calme et pondéré, qui me parut tout de suite bien sensibilisé aux handicaps des élèves, aux difficultés générées par les réticences des parents et aux distances à parcourir vers les classes spécialisées depuis les coins les plus reculés.

À ma grande satisfaction, il m'apprit que la création d'une ULIS au collège de Sédières avait été décidée, et que Léa pourrait y être accueillie, de même que Maélis, si toutefois ses parents acceptaient de passer par la commission dont l'avis était obligatoire. Je sortis de cette entrevue réconforté, car le problème de la distance à couvrir entre le village et la classe d'ULIS ne se posait plus, du fait qu'un car de ramassage scolaire desservait tous les matins ce collège. Restait à convaincre les parents de Maélis, mais je comptais sur Marilyne qui les connaissait mieux que moi, du fait de leur proximité à Saint-Paul.

Tout allait bien, en somme, d'autant que la neige qui tombait de temps en temps ne tenait pas au sol, et que tous mes élèves étaient présents chaque matin pour la séance d'instruction civique qui précédait celles d'orthographe et d'arithmétique. Je me réjouissais de voir Marcel et Tiphanie participer de plus en plus à l'activité de la classe, et ne pas hésiter à parler lorsque je leur donnais la parole : ils avaient trouvé l'assurance qui leur avait toujours fait défaut, et je me félicitais d'être intervenu pour les aider quand ils en avaient eu besoin.

Il plut beaucoup en février, mais Rose me révéla que l'hiver présentait toujours ici des sursauts violents et inattendus. Ce fut le cas à la fin du mois, pendant trois jours de neige à laquelle succéda la grêle. Puis les giboulées de mars, apportées par le vent d'ouest, firent fondre les dernières nielles blanches au creux des fossés. Elles balayèrent les velléités du froid sous un soleil timidement apparu au début du mois de mars, puis de plus en plus assuré avec l'arrivée de l'heure d'été.

Et un matin, je ne vis plus ni Manuel ni Maria. D'abord, je ne m'en inquiétai pas, mais ils n'apparurent pas le lendemain non plus, et je dus en informer Rose, qui soupira :

— Les parents ont quitté le presbytère. Ils sont partis.

— Pourquoi ?

— Ils ont passé l'hiver au chaud, et ils ont racheté une caravane. Je crois qu'on ne les reverra plus.

— Même les enfants ?

— Évidemment ! Je me suis un peu renseignée à Sédières. Le maire m'a appris qu'ils avaient rejoint des cousins, forains comme eux, du côté de Marvejols, en Lozère.

Rose était abattue, et je savais très bien pourquoi : désormais, ma classe ne comptait plus que quatorze élèves. Qu'en serait-il l'an prochain ? Je n'eus pas le courage de lui poser la question, mais elle y vint d'elle-même en reprenant :

— Je vais me battre.

Je savais que huit de mes élèves allaient partir et que cinq seulement allaient arriver de Saint-Paul – Marilyne me l'avait appris lors d'une réunion du conseil des maîtres. Sans Maria et Manuel, les effectifs à Saint-Julien seraient donc insuffisants pour le maintien de l'école. Et de toute évidence, Rose avait aussi fait le calcul, d'autant qu'une première réunion de la commission chargée d'examiner les effectifs des écoles rurales dans le département avait déjà eu lieu.

— Je sais ce que j'ai à faire, me dit-elle. Ça ne va pas se passer comme ça ! Ne vous inquiétez pas.

— Je ne m'inquiète pas pour moi, Rose, mais pour vous et pour Saint-Julien.

— J'ai perdu une bataille avec les forains, mais je n'ai pas perdu la guerre.

Il émanait d'elle, ce soir-là, une telle révolte, une telle résolution que je la crus, et que je repris les sorties en forêt avec le même plaisir qu'avant l'hiver, d'autant plus que nous devions participer, les élèves et moi, à une journée de replantation dans une coupe, comme il était prévu dans le projet pédagogique que j'avais élaboré.

25

Ce fut une magnifique journée, auréolée d'une lumière neuve qui faisait étinceler les branches lourdes de bourgeons des feuillus, les épines des conifères, et au cours de laquelle chaque enfant put planter un arbre – en l'occurrence un épicéa dont ils découvrirent ce jour-là que c'était tout simplement un sapin de Noël. Henri, le deuxième ouvrier de Rose, avait été dépêché pour expliquer la manière de procéder. La parcelle à replanter avait auparavant été dessouchée et sous-solée, c'est-à-dire ameublie pour bien accueillir les plants. Henri avait tracé un sillon à la pioche, si bien que les enfants n'avaient plus qu'à insérer les racines du plant dans la terre, les recouvrir, tasser légèrement tout autour avec la main, puis, une fois debout, avec le pied.

Quand ils se redressaient, la fierté que je lisais dans leurs yeux me réjouissait, au point que je leur promis de revenir chaque mois avant la fin de l'année scolaire pour contrôler le bon état du plant auquel ils avaient attaché une étiquette avec leur prénom dessus. Ce genre d'activité me rapprochait encore davantage d'eux et me rappelait parfois que j'allais devoir me séparer de ceux qui étaient avec moi depuis bientôt deux ans, et notamment de Clara, Clément, Maélis, Léa et Gabriel auxquels, comme d'habitude, je m'étais attaché. Heureusement, resteraient encore Lou, Emma, Estéban, Tom, Tiphanie, Marcel, et d'autres arriveraient de Saint-Paul – si toutefois Rose réussissait à sauver son école. Je pensais souvent à ceux que je n'avais pas revus depuis leur départ : Joris, Thomas, Lucas, Charline, Manon – pas même Lola la fugueuse, qui, pourtant, m'avait juré qu'elle reviendrait me demander des comptes au sujet de ma promesse de continuer à l'aider.

Je m'en voulais de n'être d'aucun secours à Rose, n'ayant pas le droit d'assister aux commissions présidées par l'inspecteur, en présence des maires et des représentants syndicaux. Je savais que je ne pouvais rien espérer du côté de Marilyne dont le maire avait pris ses collègues de vitesse avec ses travaux de mise en conformité des locaux – qui venaient d'ailleurs de se terminer.

Rose m'appela un soir à la mairie pour m'apprendre avec une évidente satisfaction :

— J'ai embauché deux chômeurs qui sont mariés et qui ont chacun un enfant de dix ans. Ça nous en fait quinze pour l'an prochain.

Elle ajouta avec satisfaction :

— Je tiendrai le coup le temps qu'il faudra.

Je compris ce soir-là qu'elle était capable de tout, même de mettre en péril l'équilibre financier de son entreprise pour sauver son école.

Un matin, Tiphanie arriva avec un large sourire et me révéla que son père avait trouvé du travail. Je crus que c'était Rose qui l'avait embauché, mais non : on lui avait confié un poste de magasinier dans une grande surface, à Sédières. Jamais je n'avais vu si heureuse cette enfant qui souffrait du manque de moyens de ses parents et en concevait une honte secrète.

— Moi, me dit-elle, plus tard je ferai de longues études, et je gagnerai beaucoup d'argent.

Je compris qu'elle était capable de soulever des montagnes pour réaliser ses rêves, et je me jurai de l'aider le plus possible jusqu'à son départ pour le collège. Elle n'était qu'en CM1, et nous avions encore du temps devant nous.

Ce n'était pas le cas de Gabriel qui allait partir au collège à la rentrée prochaine et auprès de qui je fis une ultime et prudente tentative pour le conduire vers des rêves dignes de la séduction naturelle qu'il exerçait sur ceux qui l'approchaient, y compris les adultes. Après le collège, il avait décidé, fidèle à son royaume, d'entrer à l'école forestière de Meyrignac, et je ne pouvais m'empêcher de le regretter en songeant aux facilités qu'il manifestait en tous les domaines.

— Il y a des forêts partout dans le monde entier, lui dis-je.

Il parut hésiter, fronça les sourcils, répondit avec gravité :

— Les arbres, ici, ont besoin de moi.

Que dire de plus ? Je renonçai à poursuivre une conversation qui ne pouvait que le braquer, et je ne le voulais surtout pas. J'espérais que la proximité qu'il allait garder avec Saint-Julien lui permettrait de revenir me voir, comme il me le promit, ce jour-là, sans que je le croie vraiment, instruit de l'exemple de Lola qui ne s'était pas manifestée et qui réapparut, pourtant, un mercredi de la fin avril, alors que je ne l'attendais plus. Elle paraissait changée, apaisée, et elle m'approcha sans aucune animosité, pour me dire, souriante :

— Je l'ai trouvé.

Elle parlait évidemment de son père.

— Il ne s'était pas enfui à l'étranger comme le prétendait ma mère.

Je gardai le silence, ne sachant ce que ces mots-là annonçaient.

— C'est le fils d'un médecin du chef-lieu, chez qui ma mère faisait des ménages.

Elle ajouta, le visage illuminé :

— Il est beau.

Puis, avec gravité :

— Je lui ai parlé.

Je la savais capable de toutes les audaces, mais j'avais du mal à la croire. En fait, elle était bien machiavélique, comme je l'avais toujours pensé.

— Il est kinésithérapeute, reprit-elle.

J'attendais la suite avec impatience, et elle n'hésita pas à poursuivre, avec un sourire inquiétant :

— Il est marié.

Et elle conclut, triomphante :

— Pour éviter les problèmes, le médecin, qui connaît la vérité, a accepté de nous aider, ma mère et moi. Je vais pouvoir faire des études plus tard.

Est-ce qu'elle affabulait ou disait-elle la vérité ? Je ne pus que déclarer, devant son air convaincu :

— Je suis content pour toi.

Elle me demanda alors, avec une certaine provocation dans la voix :

— Savez-vous ce que je ferai comme métier ?

— Je suppose que tu vas me le dire.

— Je deviendrai juge pour enfants.

Elle repartit, ses grands yeux verts illuminés, en me lançant :

— Je vous remercie quand même : vous êtes le seul à avoir essayé de m'aider.

Je demeurai seul, abasourdi, en songeant que décidément certains enfants me surprendraient toujours. Mais n'était-ce pas là l'un des charmes du métier que j'avais choisi et qui allait m'apporter, dès le mois de septembre prochain, d'autres enfants avec leurs rêves et leurs secrets ?

26

Dès le mois de mai, le temps se mit résolument au beau et l'éclosion des feuillus entre les conifères dessina de nouveaux îlots clairs, comme chaque printemps, dont l'épanouissement répandit sur la forêt un éclat inouï qui réveilla la vie secrète des petits animaux et des oiseaux. Les écureuils, les chevreuils, les mulots, les merles, les fauvettes, les coucous réapparurent en quelques jours, mystérieusement surgis de leurs refuges d'hiver. La vie était là, de nouveau, éclose des cantons secrets où elle se cachait pour survivre, réanimée par une force invincible venue du fond des âges.

Et Justine retrouva la gaieté qui la fuyait, souvent, quand elle rentrait avec la nuit. Un soir, dès son arrivée dans notre logement, elle m'annonça qu'elle avait quelque chose d'important à me dire. Je pensai aussitôt que, peut-être, ce que j'espérais depuis longtemps s'était enfin concrétisé, à savoir qu'elle attendait un enfant. J'étais loin d'imaginer ce qu'elle me confia avec un air de me livrer ainsi la clé de notre bonheur à venir :

— Le mari d'une de mes amies...

— Carole ?

— Non, pas Carole : Élodie.

Elle reprit, contrariée déjà d'avoir été interrompue :

— Son mari, donc, qui s'appelle Julien, a été chargé de monter une école Montessori en ville, dans un immeuble qu'il a déjà trouvé à proximité de l'hôpital.

Et, comme je demeurais muet, me demandant ce qui pouvait me concerner dans cette initiative :

— Il voudrait te rencontrer pour te proposer de le rejoindre.

— Qui ça ? Moi ?

— Toi bien sûr ! À qui suis-je en train de parler ?

Je parvins à balbutier quelques mots qui achevèrent de la contrarier :

— Mais j'ai été nommé sur un poste de titulaire ici.

— Et alors ?

— Je ne peux pas démissionner comme ça ! Je dois réfléchir.

— Réfléchir à quoi ? À continuer de faire des bonshommes de neige ? Tu n'en as pas assez fait ? Tu y tiens tellement, à ton igloo ?

La stupeur me coupa le souffle. En un instant je venais de comprendre qu'elle ne supportait plus la vie que je lui imposais loin de la ville où elle travaillait et où vivaient toutes ses relations.

— Je ne savais pas…, dis-je.

— Tu ne savais pas quoi ?

— Que tu te sentais si mal ici.

— Je ne suis pas du genre à récriminer tous les quatre matins. J'ai autre chose à penser, figure-toi ! Je travaille, moi !

— Moi aussi !

— Oui ! Toi aussi, c'est entendu, mais en menant des combats d'arrière-garde. Moi, j'essaie de regarder devant.

— Devant toi ?

— Non ! Devant nous !

Un lourd silence succéda à ces paroles qui nous avaient fait frôler le précipice. Leur violence à peine contenue nous laissait face à face, étonnés et perdus.

— Écoute ! dis-je.

Justine leva une main et murmura :

— S'il te plaît, prends le temps de réfléchir avant de parler. Et surtout ne me dis pas que tu n'as pas le droit d'abandonner la maire de ce village dont l'école est menacée.

— Il y a des enfants, dans cette école.

— C'est entendu ! Mais quand ils partiront au collège, ils ne penseront plus à toi, et ils auront bien raison. Leur vie est ailleurs, et ils le savent.

— Pas tous, dis-je en songeant à Gabriel.

— Il y a toujours des exceptions, dans quelque domaine que ce soit. Et c'est ce qui t'intéresse, toi : les exceptions – l'originalité.

— C'est pour ça que je vis avec toi.

Je crus avoir gagné la bataille grâce à cette réflexion judicieuse, mais Justine soupira :

— Écoute, Nicolas, je suis fatiguée de tout ça.

— Qu'est-ce que ça signifie, « tout ça » ?

— Je viens de te l'expliquer.

Et elle ajouta, des larmes dans les yeux :

— Je crois qu'il vaut mieux qu'on prenne un peu de recul, toi et moi.

— C'est-à-dire ?

— Je vais habiter en ville pendant quelque temps.

Sous le choc, je voulus m'approcher d'elle, mais elle recula en m'arrêtant de la main.

— Non ! fit-elle. S'il te plaît !

Je demeurai sur place, interdit, ne sachant que dire ni que faire, puis je murmurai :

— Puisque tu y tiens, je rencontrerai ce Julien.

— Quand ?

— Quand il le voudra.

Je savais que je m'engageais dans une voie sans issue, mais je pensais que cette concession suffirait à ramener Justine vers moi, et une fois de plus je me trompais.

— Séparons-nous jusqu'aux vacances, reprit-elle. Ça nous fera du bien. On y verra plus clair.

— Où vas-tu habiter ? Chez Carole ?

— Non ! Je vais louer un studio.

Je ne pus me résoudre à accepter ce qui ne pouvait être que la première phase d'une rupture irrémédiable :

— Louer un studio ? Tu n'y penses pas sérieusement !

Alors elle laissa tomber, d'une voix froide :

— C'est déjà fait.

J'étais tellement stupéfait que je finis par concéder :

— Donne-moi les coordonnées de ce Julien. Je vais l'appeler.

Elle fouilla dans son sac et me tendit une carte, tout en répétant, avec un pâle sourire :

— Je suis désolé, Nicolas, mais demain je ne remonterai pas. Moi aussi j'ai besoin de réfléchir.

Je ne pus qu'esquisser le même sourire accablé en disant :

— Je suis désolé. Vraiment désolé.

La soirée fut silencieuse et d'une tristesse absolue. Le lendemain matin, je l'accompagnai jusqu'à sa voiture pour tenter de retenir le lien qui me filait entre les doigts, mais ce fut vainement :

— À ce soir ?

— Non, Nicolas ! Pas ce soir.

Elle m'embrassa et s'en alla après un dernier regard où je lus toute la tristesse du monde, et elle ne revint pas. Cette séparation n'échappa pas à Rose qui s'en inquiéta au bout de deux ou trois jours :

— Votre compagne est souffrante ? me demanda-t-elle.

— Non ! Nous sommes séparés pour quelque temps.

— Ah bon ! Ce n'est pas grave, au moins ?

— Je ne crois pas.

Mais j'ajoutai aussitôt :

— En fait, je ne sais pas.

— Ça va s'arranger, reprit Rose. Tout s'arrange toujours.

Ce ne fut pas le cas. Justine ne remonta pas au village pendant tout le mois de mai, mais elle m'appelait une fois par semaine, le week-end. Je m'habituais comme je le pouvais, découvrant la solitude des longues soirées que mes évasions dans la forêt jusqu'à la nuit ne parvenaient pas à égayer. J'avais l'impression de n'avoir pas été capable de comprendre que j'imposais à Justine une épreuve : elle était née en ville, elle travaillait en ville, ses amies habitaient la ville, et moi je l'attachais à un village qui allait sans doute mourir. J'avais été aveuglé par la défense des causes perdues comme je l'étais depuis toujours, en sachant très bien d'où me venait ce penchant coupable à ses yeux. La mémoire inconsciente de mes ancêtres enfouie en moi, sans doute, et que je défendais en combattant pour la survie des lieux où eux-mêmes avaient combattu, et dans des conditions autrement plus difficiles que les miennes aujourd'hui. Mais pouvais-je imposer ce combat à celle dont la mémoire et les aïeux étaient d'ailleurs et peut-être d'une autre nature ? Certainement pas. C'était le constat que je faisais chaque soir, tout en me répétant que je ne pouvais pas trahir les miens. Cette conviction que Justine aurait fracassée d'un haussement d'épaules ne me quittait pas, même dans les moments les plus douloureux.

Je me sentis encore plus concerné le soir où Rose vint me trouver dans ma salle de classe où j'étais en train de travailler à la préparation des exercices du lendemain. Errait sur son visage un air de remonter des catacombes.

— Qu'est-ce qui se passe ?

Rose s'assit sur le banc d'un pupitre et répondit d'une voix lasse :

— Il n'arrivera pas six élèves de Saint-Paul, mais seulement cinq. Une famille est partie en ville avec ses enfants. Je l'ai appris cet après-midi lors d'une nouvelle réunion de la commission.

— Ce qui signifie ?

— Que nous n'en aurons que quatorze.

— Savez-vous pourquoi cette famille est partie ?

— Pourquoi ? Pourquoi ? Vous le savez bien pourquoi ! Pour trouver du travail, bien sûr !

Elle eut un haussement d'épaules, reprit :

— Je ne peux quand même pas embaucher toute la population du plateau !

Un lourd silence succéda à ces paroles accablantes, et nous n'osâmes le briser pendant près d'une minute.

— Il y a peut-être une solution, dis-je : C'est de demander le maintien de Maélis une année de plus en CM2.

— Un redoublement ?

— On ne parle plus de redoublement aujourd'hui. Seulement de maintien dans un cycle.

— Pourquoi ne l'avoir pas dit plus tôt ?

— Elle n'a pas vraiment de retard scolaire. Elle a besoin d'être acceptée telle qu'elle est, et surtout protégée.

— Essayons ! S'il n'est pas trop tard.

Nous essayâmes, mais il était trop tard, effectivement, car la mère de Maélis avait passé le permis de conduire et elle avait décidé, avec son mari, d'inscrire sa fille dans une école religieuse de la ville où elle avait été acceptée avec l'assurance que l'enseignement qu'elle recevrait serait adapté à sa fragilité.

Rose, alors, fit jouer toutes ses relations politiques et menaça de démissionner auprès du préfet. Puis elle convainquit le président de la commission qu'elle attendait une nouvelle famille pour l'été prochain – alors que ce n'était pas le cas –, et, à force de menacer les uns et les autres, elle parvint à obtenir un sursis d'un an : la situation serait de nouveau examinée au printemps suivant. L'école de Saint-Julien était sauvée au moins pour une année.

— Le combat continue ! me dit-elle avec un grand

sourire le soir où elle reçut la nouvelle. Je trouverai une solution, comme je l'ai toujours fait.

— Et cette subvention qui devait arriver ?

— Refusée ! On ne subventionne qu'une école par canton pour des travaux de rénovation. Mais ne vous inquiétez pas. J'ai mon idée !

Je ne lui avais pas avoué que j'avais rendez-vous avec le nommé Julien au sujet de la création d'une école Montessori au chef-lieu. Je n'osais pas arracher une pierre à l'édifice qu'elle maintenait si difficilement en équilibre et qui menaçait continuellement de s'écrouler.

27

Justine accepta de déjeuner avec moi ce mercredi-là, entre midi et deux, pendant sa pause à l'hôpital. Elle désirait évidemment savoir ce qui s'était passé le matin lors de mon entrevue avec Julien. Elle m'avait embrassé naturellement en arrivant, tout en esquissant un sourire. Assis en face d'elle dans la brasserie de la place principale, je la dévisageais en silence, ne sachant où elle en était de ses réflexions.

— Alors ? fit-elle, dès que nous eûmes commandé nos pizzas. Comment ça s'est passé ?

— Bien ! dis-je. Julien est très énergique.

— Et ce projet ?

— Intéressant aussi, mais compliqué à monter.

— Ce qui signifie ?

— Que si j'acceptais, ce ne serait que pour l'année prochaine, et seulement après six mois de formation.

Elle demeura grave, soupira et demanda :

— Alors ?

— Alors je ne sais pas. Il faut que je réfléchisse.

— C'est-à-dire ? Tu vas accepter ou pas ?

— Écoute, Justine ! Voilà ce que nous allons faire :

nous allons réfléchir ensemble à tout ça pendant les vacances à tête reposée.

Il y eut un lourd silence qui ne présageait rien de bon.

— Cet été nous ne partirons pas ensemble, fit-elle. Carole, Élodie et moi avons réservé un séjour en Grèce pour quinze jours.

La stupeur me coupa la parole. Je me mis à l'observer intensément, mais elle ne cilla pas, et ajouta :

— Je ne pars pas avec un autre homme, Nicolas, mais avec Carole et Élodie : des amies.

— Et après ? dis-je.

— Quoi, après ?

— En septembre ?

Elle baissa la tête, répondit :

— Je ne reviendrai pas habiter à Saint-Julien.

Je m'aperçus que ni elle ni moi n'avions touché à la nourriture qui refroidissait dans nos assiettes. Un serveur s'approcha et nous demanda :

— Ça ne va pas ? Ce n'est pas bon ?

— Si ! répondis-je. Tout va bien.

J'avalai difficilement une bouchée, puis je parvins à murmurer :

— Alors, c'est fini.

— Ce qui est fini, Nicolas, c'est notre vie là-haut. Tu peux le comprendre, ça ?

— Oui, dis-je, je comprends.

— Et l'avenir ne dépend que de toi, ajouta-t-elle avec un soupir.

Tout était dit. Le reste du repas fut silencieux, mais je compris qu'elle était aussi triste que moi et, dans une certaine mesure, ce constat me rassura : sans doute tenait-elle encore un peu à moi. Je refusais pourtant que tout se termine, comme ça, si vite et sans recours possible, et je l'accompagnai à pied jusqu'à l'hôpital. Nous demeurâmes sur le trottoir face à face un instant, aussi accablés l'un que l'autre, puis je l'embrassai, et je repartis, me retournant une dernière fois vers elle qui ne bougeait toujours pas et m'observait, immobile, hochant la tête pensivement.

Sur le chemin du retour, ayant besoin de faire le point, je m'arrêtai sur un terre-plein au bord de la route et pris un sentier entre les chênes et les châtaigniers. L'air sentait la mousse, la feuille et l'écorce, un parfum qui m'était devenu familier, et qui alertait au plus profond de moi un écho qui m'était précieux : celui d'un accord avec ce monde auquel j'étais pourtant resté étranger pendant presque trente ans. Était-ce explicable ? Fallait-il, pour le garder vivant en moi, sacrifier une relation avec une jeune femme que la seule vue d'un arbre, à présent, indisposait ? Je savais qu'il existait une solution à nos problèmes : il suffisait que je quitte l'appartement de Saint-Julien et que j'aille habiter en ville avec Justine. Et je savais tout aussi bien que je ne le ferais pas. C'était sans doute incompréhensible à quelqu'un d'autre que moi, mais c'était impossible. Quelque chose d'essentiel en moi s'y refusait. J'avais lu quelque part l'histoire de cet homme qui s'était séparé de sa femme le jour même où elle lui avait lancé après une dispute du même genre : « Fais comme si tu étais un autre. »

Mais qui étais-je, au juste, pour marcher seul ainsi dans une forêt, après avoir brûlé ce qui était peut-être l'un des trésors de ma vie ? Et quelle était cette force cachée qui me retenait sur ce plateau, dans ce village, cette école perdus ? Je finis par comprendre que la voix dont le murmure se fait entendre en nous vient de beaucoup plus loin que notre conscience. C'est une source inconnue qui nous répète inlassablement cette vérité profonde : le seul lieu où l'on peut être heureux est celui où peut habiter notre être le plus secret.

28

Le mois de juin était là, déjà, pétillant de lumière et riche d'haleines chaudes qui parcouraient le plateau jusqu'à la tombée de la nuit. La proximité de l'été se faisait sentir dès le matin, grâce au parfum des rares parcelles de foin qui séchait sur place, dans les clairières, et me rappelait les prairies de la vallée. Ici, pourtant, il n'était pas tout à fait le même : plus épais, plus insidieux, il trahissait la présence d'une herbe plus rude où se mêlaient quelques fougères et quelques bruyères. Avec le soleil de midi, ce parfum s'épaississait davantage et campait sur le village, pénétrant la salle de classe où je laissais toutes les fenêtres ouvertes. Ainsi, au cours de ces paisibles après-midi qui semblaient ne pas devoir finir, c'était comme si le temps s'arrêtait, et je m'en réjouissais, espérant que le début de juillet n'arriverait jamais.

Il me semblait n'avoir pas vu passer cette année scolaire dont l'issue, cependant, malgré mes dérisoires subterfuges, se rapprochait irrémédiablement. Mais ces enfants, dont la plupart allaient me quitter, ne paraissaient pas s'en soucier, ni imaginer à quel point je redoutais cette séparation – cette année, me semblait-il, plus encore que les précédentes. Les partants, en effet, étaient ceux que j'aurais gardés deux ans et que je connaissais le mieux, et parmi eux Gabriel, Maélis, Léa, Clément, Clara ; tous différents, mais tous aussi attachants. Cette séparation, je l'associais malgré moi à Justine, et ces longues journées de juin ne parvenaient pas à éloigner le spectre de la solitude qui me guettait, une fois la salle de classe fermée.

Elles passèrent trop vite, ces journées-là, non sans un incident qui me fit mesurer une nouvelle fois à quel point Maélis était vulnérable, le jour où Estéban raconta que son chien épagneul était mort dans ses bras, après avoir été heurté par une voiture. Maélis cria, puis elle se mit à rouler des yeux fous et à gémir en se tordant les mains et en tremblant de tous ses membres. Comme on était dans la salle de classe, je dus faire sortir les enfants, effrayés par cette réaction due à une souffrance aiguë, et je restai seul avec Maélis pour tenter de la calmer. Je me mis à lui parler doucement, cherchant les mots que je savais inutiles, mais son regard me fit craindre une blessure qui ne guérirait pas. Au bout d'une demi-heure, ses sanglots s'espacèrent enfin, et elle parut s'effondrer sur elle-même, baissant la tête, comme si elle s'endormait. Je l'aidai à s'incliner sur ses coudes appuyés sur le pupitre, et elle se mit à respirer normalement, enfin délivrée de sa douleur.

Quand je me retournai, ce fut pour apercevoir deux têtes derrière la vitre de la porte d'entrée : celle de Gabriel et celle de Lou. Je me précipitai vers eux en me demandant s'ils avaient assisté à ce chagrin dévastateur, et je leur dis :

— C'est fini. Elle dort.

Les autres élèves étaient groupés au milieu de la cour, encore secoués par ce qui venait de se passer.

— Vous pouvez aller leur parler, me dit Gabriel. Je vais rester avec Maélis.

Ce garçon m'étonnerait toujours. Je le fis entrer, il s'assit à côté de Maélis, et, suivi par Lou, je me dirigeai vers les enfants en essayant de trouver des paroles susceptibles de les rassurer.

— Elle a eu peur, dis-je, mais ce n'est rien. Elle dort maintenant.

Et j'ajoutai, comme ils ne bougeaient pas :

— Vous pouvez aller jouer.

Ils s'éloignèrent, mais en jetant de temps en temps un regard vers la salle de classe, où Estéban me rejoignit en disant :

— Je l'ai pas fait exprès, m'sieur !

— Je sais. Ne t'inquiète pas. Elle va mieux.

Je n'en étais pas persuadé, mais je m'efforçai d'afficher un calme que le réveil de Maélis, une demi-heure plus tard, ébranla ; elle demeurait comme statufiée, le regard perdu devant elle, inaccessible au monde extérieur mais avec, sur le visage, les stigmates d'une atroce souffrance. Heureusement, au cours des minutes qui suivirent, elle reposa sa tête sur son bras droit, et de nouveau elle ferma les yeux.

À l'heure de la sortie, je ne voulus pas la laisser partir dans l'état où elle se trouvait, mais je n'avais pas le droit de la ramener moi-même avec ma propre voiture. J'hésitai à la confier à la mère de Lou qui était autorisée à la transporter soir et matin. Contrairement à ce que je redoutais, Maélis trouva la force de se lever et suivit sans difficulté cette femme en qui elle avait confiance, et cet épisode se termina ainsi, à mon grand soulagement.

Toutefois Maélis ne revint plus à l'école au cours de ce mois de juin qui allait aussi provoquer d'autres séparations. Renseignements pris auprès de Marilyne, le médecin qui s'occupait de Maélis avait décidé qu'elle devait rester éloignée de l'école jusqu'aux vacances prochaines. Elle avait besoin de retrouver un minimum de confiance dans le monde extérieur. J'acceptai cette sentence avec un sentiment de culpabilité, mais non sans me demander comment Maélis allait pouvoir s'adapter à une nouvelle vie, à la prochaine rentrée, dans une école où on ne la protégerait sans doute pas autant que je m'étais efforcé de le faire.

Et pour ne pas me séparer trop vite des autres enfants sans vivre avec eux une journée dont ils se souviendraient, j'avais pris l'initiative, trois mois plus tôt, d'organiser un voyage d'une journée dans un arboretum distant de vingt kilomètres de Saint-Julien – voyage qui s'inscrivait dans le cadre du projet d'éducation interdisciplinaire qui allait se clore dans une quinzaine de jours. J'avais en temps voulu demandé les autorisations nécessaires qui m'avaient été accordées à condition de prévoir deux accompagnants. Pour Virginie, ça ne posait pas de problème, mais je dus solliciter la mère de Lou, qui accepta sans hésitation : elle aimait s'occuper des enfants, j'avais pu le vérifier à plusieurs reprises.

Je n'avais pas prévenu les élèves, étant désireux de leur faire la surprise. Ils en furent ravis, et nous partîmes dans un petit bus scolaire loué pour l'occasion le matin du 20 juin – un matin plein de lumière qui annonçait une journée de beau temps sans la moindre menace d'orage. Les enfants ne tenaient pas en place lors de cette évasion de la salle de classe, une évasion qui avait déjà pour eux, sans doute, un goût de vacances. La mère de Lou les fit chanter pendant le trajet, et ce fut avec hâte que nous pénétrâmes, trois quarts d'heure plus tard, dans le parc de l'arboretum qui présentait plus de cent espèces de feuillus et de conifères, mais aussi des essences exotiques inconnues de nos forêts, comme le *Ginkgo biloba* ou l'*Araucaria* du Chili.

Au bord d'une saulaie, il y avait également une tourbière et une mare où vivaient des libellules bleues, des grenouilles, et, tout près, un parc animalier qui rassemblait des animaux familiers comme des oies, des canards, des moutons et des chiens, mais aussi des alpagas et des faisans dorés. Le pique-nique fut joyeux sous les saules où venaient voleter des libellules et des papillons de toutes les couleurs. Puis, pendant l'après-midi, je pus leur parler des animaux domestiques, de la petite faune sauvage de la mare, et des essences rares qui existaient ailleurs que dans nos forêts. Ce fut bien la journée que j'avais imaginée pour eux : une journée dont je savais qu'ils ne pourraient l'oublier.

— Merci, m'sieur ! crièrent-ils en descendant du bus, le soir venu, à l'exemple de Gabriel, qui, le premier, avait sauté sur le parking.

Dès le lendemain, les jours se mirent à défiler vers l'inéluctable, et je ne pus rien pour les ralentir. La veille des vacances, comme j'avais l'habitude de le faire chaque année, je pris à part ceux qui allaient partir au collège pour tenter de les persuader que le meilleur était à venir. Clara, d'abord, qui allait non pas fréquenter le collège de Sédières, mais celui de la ville où sa mère animait une troupe de théâtre. Elle ne doutait pas de devenir comédienne, et pour cela, s'il le fallait, s'inscrire après le bac dans un cours privé à Paris.

— Croyez-vous que j'y parviendrai ? me demanda-t-elle, soudain moins sûre d'elle, étrangement fragile, tout à coup, alors qu'elle avait toujours manifesté une assurance étonnante pour son âge.

— Bien sûr que tu y parviendras ! répondis-je sans ciller, ne quittant pas ses yeux verts du regard.

Elle esquissa comme une petite révérence tout à fait digne d'une jeune comédienne.

— Merci, monsieur, dit-elle.

Et elle partit, légère comme une luciole attirée par une vive lumière.

Avec Clément, instruit par la visite de son père au début de l'année précédente, je fus prudent et mesurai mes mots. Il était toujours passionné d'aéronautique, mais il avait par la force des choses remisé ses rêves dans un coin de sa tête.

— Tu sais, lui dis-je, la vie est pleine de surprises. On ne peut jurer de rien. Tout le monde change au fur et à mesure que le temps passe. Même les grandes personnes.

Je ne pense pas qu'il me crut. Il eut cependant un sourire qui me gratifia d'une reconnaissance impossible, pour lui, à exprimer avec des mots. Et pourtant malgré les deux ans passés dans la fréquentation de ses parents lors du conseil d'école, je n'avais pas su desserrer l'étau qu'ils exerçaient sur leur fils. Pour eux, la ville représentait toujours un monstre redoutable qu'il fallait fuir.

Quant à Léa, une fois seule avec moi dans la salle de classe, elle pleura.

— Tu reviendras me voir, lui dis-je. Tu n'habites pas loin. Je serai toujours là pour toi. Si tu as des problèmes au collège, tu peux venir me trouver le samedi.

Ses larmes d'enfant submergée par les épreuves à venir ne s'arrêtaient pas de couler.

— J'ai peur…, murmura-t-elle. J'ai tellement peur.

Il fallut que je lui assure que dans une classe d'ULIS on tiendrait compte de ses difficultés et que tous les enseignants se montreraient bienveillants avec elle. Elle finit par sécher ses larmes et me promettre de ne pas renoncer. Elle rêvait de s'occuper d'enfants plus tard, en devenant auxiliaire de puériculture.

— C'est une très bonne idée, lui dis-je.

— Vous croyez ?

— Je le crois. Tu réussiras.

Elle me quitta réconfortée, me sembla-t-il, alors que je me demandais si je ne contribuais pas à édifier pour ces enfants des rêves inaccessibles. Mais qu'était la vie sans les rêves ? Ne fallait-il pas les rendre plus grands, les rêves, à un âge où l'on peut croire encore que rien n'est impossible ?

Restait à faire mes adieux à Gabriel, l'enfant roi. Je ne pensais pas le trouver si ému à cette occasion-là. En réalité, je compris très vite qu'il était ébranlé, non pas par notre séparation, mais par le souvenir de notre visite à l'arboretum.

— Depuis, me dit-il, je me demande si l'*Araucaria*

du Chili ou le *Ginkgo biloba* pourraient s'acclimater ici.

Je laissai passer quelques secondes avant de répondre :

— Il faudrait peut-être aller voir et se renseigner auprès de ceux qui les connaissent bien.

— Alors, j'irai ! me dit-il. J'ai compris que les arbres pouvaient être beaux partout.

En une journée d'excursion, j'avais réussi à repousser les frontières de son royaume. Je n'en revenais pas et une émotion me gagnait, que j'eus bien du mal à lui cacher.

— Si tu voyages, dis-je, tu deviendras plus grand que tu n'es.

— Je ne veux pas devenir plus grand, me répondit-il, je veux devenir vrai.

— Tu l'es déjà.

Il me dévisagea de ses yeux noirs où passaient des éclats dorés. Nulle larme ne ternissait leur lumière. Il était évident qu'il allait régner sur sa vie comme il avait régné sur son enfance et sur tous ceux qui l'approchaient. Je ressentis toute la force qui animait cet enfant, et jamais elle ne me parut aussi invincible que ce jour-là.

29

Le lendemain, ils quittèrent définitivement l'école de Saint-Julien, et, dès le soir même, ils me reléguèrent dans une solitude qui allait durer un peu plus de deux mois. À moins que Justine ne change d'avis et ne daigne m'accompagner vers les moyennes montagnes du Vercors où j'avais loué un studio pour quinze jours. Je fis une ultime tentative en lui proposant un déjeuner qu'elle accepta, alors que je ne l'espérais plus. Jamais, je crois, je ne l'avais trouvée plus belle que ce matin-là : son teint mat et ses cheveux noirs tranchaient sur sa robe rouge aux épaules rondes savamment découvertes, et ses yeux verts aux reflets dorés brillaient sous la lumière blonde de juillet. Quand elle s'installa à table, tous les regards étaient tournés vers elle.

Et pourtant ce repas fut un désastre, car si elle se trouvait là, devant moi, et si elle m'avait paru joyeuse au moment où elle était entrée, c'est uniquement parce qu'elle avait espéré des concessions de ma part. Je le compris dès les premiers mots qu'elle prononça. Dès lors, la suite ne fut qu'une épreuve, pour elle comme pour moi. Aussi, quand tout fut consommé et qu'elle comprit que je n'avais rien à proposer sinon des vacances communes, elle me dit en buvant son café :

— Tu ne changeras jamais. Tu aimes perdre.

Je reçus ce jugement comme un coup de couteau et je ne pus m'empêcher de répondre :

— Je n'ai jamais souhaité te perdre, toi.

— Mais tu as tout fait pour ça.

C'était fini. Elle ne me laissa même pas l'accompagner jusqu'à l'hôpital et elle me quitta sans un mot.

Je partis deux jours plus tard vers le Vercors où je tentai de l'oublier grâce à des courses épuisantes en montagne qui me laissaient le soir sans force et m'expédiaient dans un sommeil que la chaleur de ce début juillet ne troublait même pas. À midi, je déjeunais au chalet de la Cote 2000, puis je repartais sur des pistes dont je ne connaissais pas la destination et je me perdis plusieurs fois.

Une nuit, n'ayant pas trouvé de refuge, je dormis à la belle étoile. Pour me défendre du froid, je me remis à marcher bien avant le lever du soleil et je finis par apercevoir la vallée vers onze heures du matin. Enfin, au terme de ces deux semaines, je repartis vers Saint-Julien où je restai trois jours avant d'aller voir mes parents qui s'étonnèrent de l'absence de Justine.

— Elle est partie en vacances en Grèce avec deux de ses amies.

— C'est fini ? me demanda ma mère dès l'instant où elle se trouva seule avec moi.

— Non ! répondis-je. Elle avait besoin de souffler, c'est tout.

— Et toi ?

— Non ! Moi, ça va.

Pour éviter un interrogatoire plus poussé, je partis au hasard sur les routes, dormant le soir dans des campings, sous la tente que nous avions achetée, Justine et moi, lors de nos premières vacances ensemble. Ce ne fut pas sans douleur que je palpais la place vide à côté de moi, et me tournais et me retournais dans mon duvet sans trouver le sommeil. Cette errance – cette fuite – dura jusqu'au 15 août, où, enfin, je me résolus à revenir à Saint-Julien pour préparer la rentrée.

Rose m'y accueillit avec un soulagement évident. Qu'avait-elle craint ? Avait-elle entendu parler de ma rupture avec Justine ou de ma rencontre avec un futur professeur de l'école Montessori ? Elle m'invita à déjeuner au restaurant du village, où elle me parut, effectivement, très soucieuse. Je crus comprendre que ses affaires allaient mal. Je me doutais que les salaires des deux employés supplémentaires qu'elle avait embauchés menaçaient gravement l'équilibre financier de son entreprise. Elle n'y fit pas allusion et, au contraire, elle me parla du fait qu'elle cherchait des successeurs, jeunes de préférence et avec des enfants, aux époux Bassaler qui allaient prendre leur retraite.

— Vous voyez ! me dit-elle. Rien n'est perdu !

Ce fut dans cet espoir un peu forcé que je me mis à travailler à la rentrée, et que la concentration indispensable à cette préparation m'aida à oublier que, pour la première fois depuis longtemps, je devrais l'affronter seul, sans la présence taquine mais secourable de Justine.

TROISIÈME ANNÉE

30

Bizarrement, sans doute parce que mon esprit était encombré par d'autres soucis, je fus moins préoccupé par cette rentrée que par les précédentes. Et ce fut avec plaisir que je retrouvai les élèves de l'an passé, auxquels s'ajoutèrent les enfants des ouvriers recrutés par Rose : une fille prénommée Zoé (en CM1) et un garçon appelé Hugo (en CM2). Arrivaient de l'école de Saint-Paul Anaëlle, la fille des restaurateurs, Lily, Samia, Gaspard et Louis. Ils étaient bien quatorze, ces enfants attentifs et un peu craintifs, ce matin-là, et j'observais les nouveaux en me demandant si je parviendrais à les connaître aussi bien que ceux que j'avais accueillis lors des rentrées précédentes.

Il ne me fallut pas longtemps pour cerner leur caractère, leurs forces et leurs faiblesses, car la plupart d'entre eux se livraient volontiers. Anaëlle était une petite blonde aux yeux bleus qui adorait la cuisine et rêvait d'en faire son métier, si possible auprès de ses parents qu'elle aidait, d'ailleurs, déjà, volontiers.

Lily était une enfant fragile qui avait souffert d'un lymphome dont elle avait triomphé. Elle en gardait une faille dans ses yeux d'un vert très clair, et son visage, malgré ses efforts, s'ombrait d'une peur entretenue par le souvenir d'une souffrance injuste et cruelle.

Samia, comme son prénom l'indiquait, avait des parents de confession musulmane. Brune, les yeux noirs, une volonté farouche dans le regard, elle savait déjà qu'elle n'obtiendrait de la vie et des hommes que ce qu'elle pourrait leur arracher. D'une intelligence remarquable, elle s'appliquait à voguer vers l'excellence en toutes matières, et elle y parvenait souvent.

Zoé montrait également du caractère, et je me demandais si ces filles-là ne ressentaient pas plus intensément la rudesse des lieux et des hommes – pour la plupart forestiers – comme des obstacles supplémentaires à surmonter pour gagner une indépendance dont, peut-être, avaient vainement rêvé leurs mères. Blonde, fine, vive et décidée, Zoé ressemblait un peu à Lily et se passionnait pour les mathématiques, mais avec, chez elle, un penchant pour tout ce qui était d'utilité immédiate, comme si elle était pressée de passer à autre chose : sans doute repartir d'où elle venait, c'est-à-dire de la ville où Rose était allée arracher son père aux files muettes et accablées des agences pour l'emploi.

Les garçons, au contraire, se révélèrent moins concernés par l'école. Ils se passionnaient pour la science-fiction, les bandes dessinées, le football, le rugby, les jeux vidéo dont ils s'échangeaient les clés USB dans la cour de récréation. Parmi eux, Hugo en imposait à cause de son gabarit bien au-dessus de la moyenne. Il envisageait très sérieusement de rentrer plus tard dans un lycée sport-études afin de devenir professionnel de rugby.

Louis, en revanche, était frêle, fragile, et s'intéressait surtout au dessin. Il rêvait de devenir plus tard auteur de ces bandes dessinées dont débordait son sac, et tout le reste l'indisposait. J'avais beaucoup de difficultés à le faire se concentrer plus d'un quart d'heure sur un autre sujet, car il se mettait sans cesse à crayonner sur une feuille de papier à moitié dissimulée sous un livre ou sous un cahier.

Quant à Gaspard, son seul objectif était de devenir pilote de ligne. Je m'appliquais à lui démontrer qu'il devait pour cela s'améliorer en mathématiques, et il n'en disconvenait pas, mais son manque de persévérance et de concentration dans cette matière m'inquiétait. Serait-il capable de fournir les efforts nécessaires à la concrétisation de son ambition ? J'en doutais, mais je le lui cachais soigneusement tout en l'encourageant, au contraire, chaque fois que j'en avais l'occasion.

Enfin, autant le garçon prénommé Tom avait traversé l'année précédente dans une sorte de sage somnolence qui ne lui avait valu de ma part aucune remarque particulière, autant, en ce début d'année, il se métamorphosa en même temps que son corps : il avait grandi de dix centimètres pendant les vacances et cette brutale transformation physique modifia également son comportement. Il manifesta soudain une volonté d'exister en prenant la parole dès que j'interrogeais la classe. De chétif et réservé, il devint omniprésent, et même parfois un peu encombrant, mais je ne lui en fis pas le reproche : je m'étais assez désolé d'une insignifiance qui m'avait un moment fait croire à un important problème psychologique.

Voilà quels étaient ces enfants qui me faisaient face en manifestant une confiance et un respect qui m'étaient précieux. Au moins, de ce côté-là, tout allait bien, et c'est ce qui nourrissait mes soirées solitaires, qui souvent me pesaient. Il m'arriva ce mois de septembre-là de partir vers la ville dans l'espoir d'y croiser Justine, mais jamais elle ne me fit cette faveur, même lorsque je m'échouais dans la brasserie où nous avions nos habitudes, vers onze heures du soir, après avoir vainement erré dans les rues. Je repartais alors vers Saint-Julien et lui envoyais un SMS auquel elle ne répondait pas.

Rose ne parut pas s'inquiéter de cette absence prolongée. Elle était mobilisée par la recherche de repreneurs de l'épicerie-dépôt de pain des Bassaler. Et un soir de septembre, elle m'apprit qu'ils avaient reçu des demandes de renseignements sur leur commerce, suite à leur annonce passée sur Internet. Deux couples de la région parisienne semblaient intéressés. L'un d'eux avait d'ailleurs pris rendez-vous sur place début octobre.

— Vous voyez, me dit-elle, tout va s'arranger.

Je ne répondis pas, mais je songeai à l'échéance qui approchait, ayant promis une réponse à Julien au sujet de l'école Montessori au plus tard fin octobre. Malgré l'absence de Justine, ma détermination à défendre mon école demeurait la même, mais n'allait-elle pas s'étioler dans la solitude des soirées automnales que l'explosion des couleurs sur les arbres ne parvenait pas à éclairer ? Je les consacrais à corriger les cahiers et à mettre au point les exercices du lendemain avec un soin presque maniaque, tout en développant un projet d'études sur la flore et la faune de la forêt. Et d'abord les champignons, dont la saison approchait et dont l'étude se prolongeait au cours d'une heure de dessin. Ainsi, je fis reproduire aux enfants toutes les espèces de champignons, comestibles et non comestibles, que nous trouvions dans la forêt, au terme de nos séances d'éducation physique et sportive que j'avais reconduites deux après-midi par semaine.

N'étant pas un expert dans le domaine mycologique, j'étais allé me renseigner auprès d'un pharmacien de Sédières, afin d'acquérir des certitudes en la matière. Désormais, je savais identifier les bolets communs, les bolets rudes, les bolets satan, les pholiotes du peuplier, les lépiotes, les pieds-de-mouton, les girolles, les rosés, les russules charbonnières, les trompettes-de-la-mort – comestibles malgré leur nom –, et faire la différence entre les amanites phalloïdes, au poison mortel, et les amanites des Césars censées être succulentes.

J'associai ces activités à une approche sensible de la nature. Ainsi, j'apprenais à mes élèves à devenir responsables face au monde du vivant et m'efforçais de leur faire comprendre en quoi consistait, par exemple, le développement durable. Chaque fois que j'en avais l'occasion, je les plaçais en situation de construire leurs savoirs, c'est-à-dire de s'expliquer, d'argumenter, d'expérimenter et de débattre à partir d'une approche de cette nature à laquelle ils avaient facilement accès. J'espérais que décrire et comprendre le monde réel ne pouvait que les conduire à devenir des «écocitoyens».

Je maîtrisais maintenant parfaitement ces méthodes d'enseignement, et pourtant je ne pouvais pas être satisfait tant que je n'aurais pas pris de décision au sujet de la proposition de Julien. Au cours de l'une de mes insomnies, un examen froid de la situation me permit enfin de me décider : je devais avant tout gagner du temps, et donc donner un accord de principe à Julien, mais pas pour l'année à venir. Ainsi, je ne trahissais pas Rose, et je préservais la possibilité de me rapprocher un jour de Justine – si toutefois il n'était pas trop tard.

Dès le lendemain de cette nuit sans sommeil, j'envoyai un message à Julien pour l'informer de mon renoncement à le rejoindre dans l'immédiat, mais je me gardai bien d'en prévenir Justine. Et pourtant elle l'apprit – sans doute par la compagne de Julien – et elle m'envoya un SMS qui ne laissait aucune ambiguïté sur sa détermination : « Tu viens de me libérer de mes chaînes. » J'étais condamné, désormais, à espérer ce que je ne souhaitais pas : la défaite de Rose et une mutation dans une ville de la vallée.

31

Ce fut donc avec mauvaise conscience que j'assistai à un combat qui ne pouvait plus être le mien. Pourtant, jamais mon secours ne manqua à Rose au cours de cet automne qui persista à allumer des feux magnifiques sur la forêt et tint l'hiver en respect au fond des futaies. Ce combat l'épuisait, j'en fis à plusieurs reprises la constatation, jusqu'à ce soir de novembre où, tandis que je travaillais à mon bureau dans la salle de classe, on frappa à la porte. Il devait être six heures, et la nuit tombait. Un homme en costume-cravate porteur d'une serviette de cuir entra et me demanda où il pouvait trouver Mme Rose Clamadieu. Il avait un pli à lui remettre.

— Si la mairie est fermée, c'est qu'elle n'est pas là, répondis-je.

Et j'ajoutai aussitôt, comme si j'avais pressenti une menace :

— À cette heure-là, elle ne viendra plus, d'autant que ce n'est pas le jour de la secrétaire.

— Savez-vous où je pourrais la trouver ?

— À son domicile, je suppose.

— Elle n'y est pas.

— Revenez demain.

— Non ! Je dois la voir aujourd'hui !

Désireux de m'en débarrasser, je finis par lâcher :

— Vous la trouverez peut-être à l'épicerie, sur la rue principale.

Il daigna alors se présenter en disant :

— Si je ne la trouve pas, vous lui direz, s'il vous plaît, que maître Martin, huissier de justice, veut la voir demain sans faute.

Il me souhaita une bonne soirée et s'en alla, me laissant seul avec des questions qui hantèrent ma nuit : que signifiait cette visite ? Rose s'était-elle mise en danger personnellement, ou cette intrusion concernait-elle seulement son activité de maire ? Il me fallut attendre le lendemain soir pour la voir arriver dans ma classe, le sourire aux lèvres, tandis qu'elle demandait :

— Vous avez eu une visite, hier au soir ?

— Oui.

— Il vous a parlé de quelque chose ?

— Non ! Cet homme vous cherchait, c'est tout.

Et j'ajoutai, devinant son embarras :

— Ce n'est pas grave, au moins ?

— Les problèmes d'argent, ça n'est jamais grave. On trouve toujours à les régler.

Je compris que ses affaires allaient mal, mais elle ne me laissa pas le temps de l'interroger, et, au contraire, poursuivit :

— Les futurs repreneurs de l'épicerie sont d'accord sur le prix avec les Bassaler. Ils vont monter un dossier et solliciter un emprunt. Tout ça s'annonce bien.

Malgré son optimisme affiché, elle avait les traits tirés et paraissait très fatiguée. Je ne pus m'empêcher de demander :

— Vous êtes sûre que ça va ?

— Mais oui. Je vous l'ai déjà dit : tout s'arrange avec le temps. Plaie d'argent n'est pas mortelle.

Elle partit, toujours pressée, vers ses chantiers, mais sans avoir réussi à me rassurer.

Ce fut le début d'une semaine qui fut bien difficile à vivre, comme il en arrive, parfois, alors qu'on ne s'y attend pas. Ainsi, dès son arrivée par le bus du matin, le lendemain, je me rendis compte que Lily pleurait. Je la fis entrer avant les autres et lui demandai ce qui n'allait pas. Elle était tellement ébranlée qu'elle se confia aussitôt :

— Je dois me rendre à un contrôle demain à l'hôpital et j'ai très peur.

— C'est la première fois ?

— Non : la deuxième.

— Lors du premier contrôle, ça s'est bien passé ?

— Oui.

— Alors, il n'y a aucune raison que ça se passe mal cette fois-ci.

Elle leva sur moi ses yeux dévastés, demanda d'une voix qui cherchait désespérément du secours :

— Vous croyez ?

Que pouvais-je répondre à une telle question, moi qui n'étais pas médecin ? Sans doute perçut-elle la demi-seconde d'hésitation que je regrettai aussitôt, puisqu'elle répéta :

— Comment pouvez-vous en être sûr ?

Son regard me transperçait : elle cherchait à lire en

moi une sincérité qui ne s'y trouvait pas. Je ne pouvais avoir aucune certitude, et pourtant je répétai, tâchant d'affermir ma voix :

— J'en suis sûr parce que je te connais.

— Bien vrai ?

— Oui.

Je me sentis mal, mais j'ajoutai :

— Tu es plus forte que tu ne le crois.

Un pâle sourire éclaira son visage, et elle murmura :

— Merci, monsieur.

Et elle rejoignit ses camarades qui attendaient devant les marches de la salle de classe, et j'en fus soulagé. Pourtant, les épreuves ne faisaient que commencer : le soir même, je reçus la visite de la mère de Samia qui portait le voile de sa religion. Elle venait se plaindre du fait que l'on servait trop souvent du porc aux repas de la cantine, et que ces jours-là sa fille ne mangeait pas à sa faim. Elle ajouta qu'il serait juste qu'on puisse lui donner autre chose pour compenser. Je lui promis de poser la question à madame la maire parce qu'il n'était pas dans mes attributions de gérer ce genre de problème. Ce que je fis dès le lendemain, provoquant la stupéfaction de Rose.

— C'est le restaurant scolaire de Sédières qui établit les menus, me dit-elle. Les repas arrivent tout prêts. Il n'y a plus qu'à les faire réchauffer.

— Il y a peut-être moyen de la satisfaire, lui fis-je observer. Samia n'est pas la seule enfant de confession musulmane. Ils doivent déjà avoir été confrontés à ce genre de problèmes.

— Pas question ! me dit Rose. C'est une école

laïque, ici, et je ne veux pas rentrer dans ce genre de considérations.

Et, comme j'insistais en maintenant que nous pourrions sûrement trouver une solution, elle s'étrangla de colère :

— Quand cette femme reviendra, vous lui direz que je n'interviendrai pas pour qu'on change les menus. La religion n'a pas à se mêler de la manière dont on nourrit les enfants dans l'école de la République !

Elle me quitta, furieuse, sur ces paroles définitives qui me firent mieux mesurer quel feu brûlait en elle : droite dans ses convictions, toujours combative, et d'une force insoupçonnable pour qui ne la connaissait pas.

L'incident fut rapidement clos : Virginie, mise au courant, servit à Samia double ration de légumes les jours de la viande de porc, et Rose ne s'y opposa pas. Mais je l'avais mieux cernée ce soir-là, et je ne pouvais plus douter qu'elle était capable de gagner tous les combats dans lesquels elle s'engageait, fussent-ils les plus incertains.

Le combat mené par Lily, lui, était beaucoup plus périlleux. Elle revint accablée le lendemain de sa visite à l'hôpital, car les médecins avaient décidé qu'elle devait reprendre un traitement qui l'affaiblissait, alors qu'elle se croyait guérie définitivement. En réalité, elle n'était qu'en rémission, ce que ses parents lui avaient caché pour la ménager.

— Je n'ai plus la force, me dit-elle, ce matin-là. Je ne veux pas recommencer. C'est trop dur, trop difficile.

Ses yeux clairs me dévisageaient sans que je puisse échapper à leur emprise.

— Tu trouveras cette force, dis-je. J'en suis sûr.

Et j'ajoutai, lui prenant les mains en un geste que je savais pourtant interdit :

— Fais-moi confiance... Crois-moi !

Elle eut un pauvre sourire triste qui me la fit apparaître soudain d'une fragilité épouvantable. Je souris à mon tour et répétai :

— Tu es forte, Lily, beaucoup plus que tu ne l'imagines.

— Merci, monsieur !

Elle s'en alla dans la cour où ses camarades filles l'attendaient, et elle se mêla à leurs jeux – ou du moins fit semblant. Trois jours plus tard, elle ne vint plus à l'école, et sa mère me téléphona pour m'apprendre que Lily supportait trop difficilement le traitement qu'on lui avait infligé. Elle avait été obligée de s'aliter. Nul ne pouvait prédire quand elle reviendrait.

32

Cette absence coïncida avec l'arrivée de l'hiver, et quelques rafales d'une neige, qui, heureusement, ne tint pas au sol. Mais ce temps maussade me relégua dans une solitude de plus en plus difficile à supporter, surtout le samedi et le dimanche, quand je n'avais plus les élèves autour de moi pour monopoliser mon attention. Mais Rose veillait sur moi comme sur son école, et elle m'apprit un soir qu'elle avait décidé d'agir avant qu'il ne soit trop tard. Ainsi, elle avait organisé pour le samedi suivant une réunion d'information pour la population et les parents d'élèves, au sujet des menaces qui pesaient sur l'école de Saint-Julien. Elle se tiendrait dans la salle de classe à trois heures de l'après-midi.

— Je compte sur votre présence, me dit-elle.

— Vous savez que je n'ai pas le droit d'intervenir.

— Je sais. Mais laissez, s'il vous plaît, la porte de la classe ouverte.

— Vous ne préférez pas tenir cette réunion dans la salle du conseil municipal ?

— Non ! Je tiens à ce qu'elle ait lieu dans la salle de classe ! C'est très important.

Et, comme je demeurais sur la réserve, elle eut un doute soudain :

— Je peux compter sur vous, Nicolas ?

Je ne pus que répondre :

— Vous le pouvez, Rose.

Le samedi suivant, une trentaine de villageois et de parents d'élèves arrivèrent à l'heure dite, et, accueillis par Rose, ils s'assirent tant bien que mal sur les chaises, pareils à des enfants trop vite grandis. Je demeurai debout, au fond, près d'un homme à chapeau et lunettes que je ne connaissais pas, et qui sortit bientôt d'un sac un appareil photo, tandis que Rose, debout sur l'estrade derrière mon bureau, expliquait la situation à ses administrés. Elle parla d'abord des menaces de fermeture du fait que nous étions désormais au-dessous du seuil de quinze élèves, mais elle insista surtout sur ses efforts pour surmonter l'obstacle, et notamment sur la probable reprise de l'épicerie-dépôt de pain par une famille de trois enfants, et sur le projet que nourrissait une autre famille de devenir une famille d'accueil.

Des dossiers avaient été déposés en temps voulu devant les administrations compétentes, et ils étaient censés aboutir avant la fin de l'année scolaire. Rose se proposait donc de faire signer une pétition à tous ceux qui étaient présents, afin que l'académie ne prenne pas de décision hâtive en se fondant sur une situation qui ne serait plus la même à la fin du printemps. Des applaudissements succédèrent à son intervention, et pas une signature ne manqua à la pétition qu'elle avait préparée. Ce fut le moment où l'homme qui se tenait près de moi se mit à prendre des photos, et je compris qu'il s'agissait d'un journaliste.

Sur ce succès incontestable, les villageois s'en allèrent après avoir chaleureusement félicité Rose, et elle s'approcha du journaliste qu'elle me présenta comme le correspondant local du journal régional. Il nota les informations qu'elle lui donnait, puis il insista pour nous prendre en photo, Rose et moi, et je n'eus pas le réflexe de refuser. Erreur fatale, qui me valut dès la semaine suivante une convocation par l'inspecteur, celui-là même qui m'avait renseigné sur la création d'une ULIS à Sédières, au printemps dernier.

Ce mercredi-là, il ne m'apparut pas du tout dans les mêmes dispositions d'esprit, je le compris dès mon entrée dans son bureau, d'autant qu'un journal était ouvert à la page centrale, où l'on voyait Rose et moi côte à côte, unis, selon la légende que me montra l'inspecteur sous le cliché fatal, dans le même combat.

— Votre conduite est impardonnable, me lança le représentant indigné de l'Éducation nationale. Vous saviez que vous n'avez pas le droit d'intervenir dans une affaire pareille. Vous avez perdu la tête ?

— Je n'ai pas pris la parole. Je ne suis pas intervenu. Tout le monde pourra vous le confirmer.

— Et cette photo, donc ?

— Je ne m'y attendais pas. J'ai été surpris par le journaliste. S'il me l'avait demandé, j'aurais refusé.

— Eh bien j'aime autant vous dire que vous avez manqué de prudence et de jugement !

Il reprit, comme je ne trouvais rien à ajouter pour me disculper :

197

— Et vous vous êtes exposé à des sanctions que nous allons étudier avec M. le directeur administratif des services de l'Éducation nationale. Vous pouvez disposer.

Je repartis vers Saint-Julien, abasourdi mais en même temps assez fier, au fond de moi, de cette culpabilité qui me rendait solidaire d'une femme courageuse dont l'énergie, l'attachement à son village et à son école me touchaient infiniment, je ne pouvais le nier. Son apparente fragilité qu'une immense fatigue accentuait me la rendit encore plus émouvante, ce soir-là, quand, venue aux nouvelles, elle me demanda comment s'était passée mon entrevue avec l'inspecteur.

— Je suis sous le coup d'une sanction probable, lui dis-je. Mais ça ne peut pas aller bien loin.

— Je suis désolée, me dit-elle. Vraiment désolée. Je ne pensais pas que vous pouviez être sanctionné.

— Ce n'est pas grave. Ne vous inquiétez pas. Je m'en remettrai.

Elle reprit, non sans émotion :

— Heureusement que vous êtes là, Nicolas. Sans vous, je ne sais pas si…

Elle ne termina pas sa phrase et elle me quitta brusquement, silhouette fragile qui, en bas, traversa hâtivement la cour et fit rugir le moteur du Range Rover, comme pour exprimer la rage dont, depuis quelques jours, elle ne parvenait plus à se défaire.

Deux semaines plus tard, je reçus une lettre officielle de l'inspecteur qui m'informa que l'administration m'avait infligé un avertissement, ce qui constituait, je le savais pour m'être renseigné, la plus faible des sanctions dans un tableau qui prévoyait l'avertissement ou le blâme sans que soit nécessaire l'intervention d'un conseil de discipline. Au-delà, cette intervention était requise pour une exclusion de un à trois jours, une radiation du tableau d'avancement, un déplacement d'office ou, en haut de l'échelle, une révocation pure et simple.

Je n'en étais pas là, et je n'avais jamais été vraiment inquiet. Je n'avais commis aucune faute grave : je pouvais sans crainte et sans remords continuer à m'occuper de ces enfants qui m'étaient si précieux.

33

Un peu avant Noël, je fis sans grand espoir une tentative pour renouer avec Justine sous prétexte des prochaines vacances, et, à ma grande surprise, elle accepta un rendez-vous pour en discuter. Sans doute redoutait-elle d'avoir à fournir des explications à ses parents si elle allait les retrouver seule à l'occasion des fêtes. En effet, nous n'avions jamais manqué un repas de Noël chez eux, dans leur maison située sur les collines au-dessus de la ville, et je savais que son père et sa mère m'aimaient bien. Autre surprise agréable, également, Justine m'invita dans son petit studio de la place centrale, où j'eus la satisfaction de constater l'absence de toute trace de présence masculine. Il ne nous fut pas difficile de nous mettre d'accord pour les fêtes : Noël chez ses parents et le premier de l'an chez les miens, comme d'habitude. C'était le meilleur moyen, nous semblait-il, d'éviter les questions au sujet d'une situation dont nous ne savions pas, ni elle ni moi, où elle nous conduisait.

Je me souvenais pourtant de son dernier message dans lequel elle avait écrit : « Tu viens de me libérer de mes chaînes. » Mais au terme de notre entretien, ce jour-là, elle ne me parut pas pressée de me voir partir, et je me hasardai à poser cette question que je regrettai aussitôt, tant sa réponse risquait de me foudroyer :

— Tu vis seule ou tu vois quelqu'un ?

Elle eut un sourire triste, soupira, et répondit :

— J'ai beau faire, Nicolas, je ne vois que toi.

Et elle ajouta aussitôt, comme pour effacer cet aveu trop rapide :

— Pour le moment.

Je sentis une vague chaude déferler dans mes membres, et Justine ne résista pas quand je la pris dans mes bras. Mais quand je voulus aller plus loin, elle s'écarta en disant :

— Dis-moi quelque chose qui puisse me faire du bien.

Je ne l'avais jamais vue si fragile que ce jour-là, et j'en étais stupéfait. Elle ajouta, sans que je lui pose la moindre question :

— Je n'en peux plus de l'hôpital ! Pas assez de moyens, pas assez de médecins, pas assez d'infirmières, des heures supplémentaires à n'en plus finir. Je suis fatiguée, Nicolas, très fatiguée.

Et elle reprit aussitôt :

— Et toi tu n'es pas là.

Elle m'apparut si défaite, si vulnérable tout à coup, que je ne pus m'empêcher de répondre, sans mesurer la portée de mes paroles :

— Je serai là bientôt, si tu le veux.

Elle hocha la tête et sourit d'une manière qui me fit comprendre qu'elle ne me croyait pas.

— Ne tarde pas trop. Il est bien tard.

Je la quittai ce jour-là un peu réconforté : tout n'était peut-être pas fini entre nous, mais j'étais condamné à souhaiter la défaite de Rose, et cela, je ne pouvais l'accepter.

Heureusement, les fêtes de fin d'année me firent m'éloigner pour quelques jours de Saint-Julien et oublier le péril qui menaçait ces murs dans lesquels je traînais une solitude douloureuse. Il m'arriva même de rire aux plaisanteries du père de Justine qui ne manquait pas d'humour. Chez mes parents, au contraire, le climat fut moins joyeux et peuplé de silences que ma mère finit par briser un jour où je me retrouvais seul dans la cuisine avec elle.

— Ne joue pas avec Justine, Nicolas, me dit-elle. Je l'ai vue la semaine dernière. Elle est à bout de forces.

— Je sais. Je fais ce que je peux.

— Essaye de le faire mieux, soupira ma mère.

Voilà comment je parvins au terme de ces vacances que la neige finit par poudrer de blanc sans toutefois empêcher le bus scolaire de passer le lundi matin, me ramenant des enfants encore éblouis par les cadeaux de Noël. Une seule, pourtant, ne souriait pas : Lily, dont la pâleur du visage m'effraya, au point que j'eus du mal à le cacher. Elle s'en rendit compte, et elle n'essaya pas de venir vers moi. Je me sentis obligé de lui parler, mais je fis en sorte de préparer mes paroles :

— Alors, Lily, ces vacances ?

Elle me jeta un regard d'une froideur terrible qui démontrait qu'elle n'était pas dupe et m'en voulait : elle savait que je savais. Que faire ? Que dire ? Jamais je ne m'étais trouvé si démuni, si impuissant devant la souffrance d'un enfant. Mais elle n'était pas décidée à me laisser quitte de ma lâcheté :

— Qu'est-ce qui se passe, quand on meurt ? me demanda-t-elle avec un fin sourire sur ses lèvres trop pâles.

Accablé, je finis par répondre :

— Je ne sais pas.

— Est-ce qu'on peut encore voir ses parents de loin ?

— J'espère !

— Vous n'en êtes pas sûr ?

Son regard clair ne me lâchait pas.

— Ce dont je suis sûr, c'est que tu ne vas pas mourir.

— Vous dites ça parce que vous avez aussi peur que moi !

— Non ! Je le dis parce que ce serait trop injuste.

C'était sans doute une pensée qui l'obsédait, cette injustice, et le fait que quelqu'un pût la partager avec elle l'apaisa un peu. Son visage se détendit, elle soupira, ajouta tout bas – si bas que je l'entendis à peine :

— Je n'ai rien fait.

Elle voulait sans doute dire : « Rien fait de mal. »

— Tu n'es coupable de rien, Lily, dis-je en me demandant aussitôt si son sentiment d'injustice n'allait pas en être avivé.

— Et alors ? fit-elle.

— Ce n'est qu'un hasard malheureux.

— C'est tout ce que vous avez à me dire ?

Son regard était toujours aussi implacable.

— Est-ce que tu souffres ? demandai-je, ne sachant plus dans quelle direction aller.

Elle haussa les épaules, mais sans animosité, et elle répondit :

— Non ! Pas vraiment.

Elle ferma les yeux, reprit doucement :

— Je descends, je descends, comme dans un gouffre en coton. Je n'en vois pas le fond.

Je ne savais plus où j'en étais. Son désespoir me fit trouver les mots que, peut-être, elle attendait :

— Je suis sûr que tu vas gagner. Il ne peut pas en être autrement.

Ses yeux s'embuèrent, et enfin me lâchèrent.

— Merci ! dit-elle. Vous êtes gentil.

Et elle s'envola vers la cour où elle se mit à danser en tournant, en riant, avant de s'échouer contre le mur de clôture où elle demeura adossée, à bout de souffle, et où la rejoignirent Samia et Zoé. Je donnai alors le signal de la fin de la récréation, et tous les élèves s'approchèrent de la porte de la classe, insoucieux de ce qui s'était passé.

Le soir même, alors que je corrigeais les cahiers, je vis apparaître la mère de Lily, que je connaissais pour lui avoir parlé lors d'un conseil d'école. C'était une grande femme, blonde comme sa fille, très élégante, mais dont la douleur dévastait son visage malgré sa beauté. Je quittai mon bureau pour l'accueillir, redoutant déjà une conversation dont je connaissais la teneur.

— Vous vous doutez du but de ma visite, me dit-elle en me serrant la main.

Et, comme je hochais la tête en essayant de sourire :

— Je ne vous dérangerai pas longtemps.

— Vous ne me dérangez pas.

Nous étions face à face au milieu de l'allée centrale, aussi mal à l'aise l'un que l'autre.

— Je viens vous parler de ma fille.

— Elle va plus mal?

Elle laissa passer quelques secondes avant de répondre:

— Nous sommes très inquiets, son père et moi.

J'en eus le souffle coupé.

— Elle est plus forte qu'on ne le croit, dis-je aussitôt, par réflexe.

Elle fit un signe négatif de la tête, sourit:

— Le professeur qui s'occupe d'elle n'est pas très optimiste.

Je revis la pâleur du visage de Lily, ses yeux devenus transparents, la maigreur de ses bras et je trouvai à peine la force de murmurer:

— Il faut toujours espérer.

— J'essaye, mais il faudrait qu'elle se repose davantage, et elle tient absolument à venir à l'école.

— C'est si important pour elle?

— Elle vous aime beaucoup.

Un long silence tomba, tandis que je me demandais comment j'allais m'y prendre si je devais annoncer à Lily qu'elle devait renoncer à venir.

— L'école est un de ses derniers plaisirs, ajouta-t-elle.

Elle soupira, reprit:

— Je suis seulement venue vous prévenir de ce qu'il convient de faire, au cas où elle aurait un malaise.

— Oui. Je comprends.

— Il faut tout de suite appeler le Samu.

— Vous pouvez compter sur moi.

Elle demeurait devant moi, sans larmes, les traits durs, et je compris qu'elle était déjà allée au bout de sa douleur de mère.

— Il faudrait aussi ne rien changer à sa vie d'avant, faire comme si tout allait bien. Et surtout – surtout – il faut éviter que ses camarades ne soient mis au courant. Elle ne le veut absolument pas.

— Oui. Bien sûr !

Elle eut un vague geste de remerciement, continua de la même voix désincarnée :

— Je sais que ce que je vous demande n'est pas facile. Vous n'êtes pas obligé d'accepter.

— Ne vous inquiétez pas, dis-je. Tout va continuer comme avant.

— Je vous remercie infiniment.

Elle me serra la main, fit demi-tour et je la raccompagnai jusqu'à la porte où elle se retourna avant de sortir.

— Merci ! me dit-elle. Vous êtes quelqu'un de bien.

Jamais un parent d'élève ne m'avait parlé de la sorte, mais devant ce visage ravagé je me demandai si je n'avais pas présumé de mes forces. Car si les enfants devaient tout ignorer, moi je savais, et je trouverais chaque jour présente devant moi Lily qui livrait son combat douloureux. Combien de temps cette épreuve allait-elle durer ? Je l'ignorais.

Elle ne dura qu'une semaine, pas davantage. Début janvier Lily n'apparut plus. Je pris des nouvelles par téléphone, et sa mère m'annonça qu'elle avait de nouveau été hospitalisée. Ses camarades s'en inquiétèrent, et je leur expliquai que Lily était malade, mais qu'elle était bien soignée et qu'elle reviendrait sans doute bientôt. Au fond de moi, je souhaitais qu'elle tienne au moins jusqu'aux vacances d'été pour n'avoir pas à leur annoncer sa disparition. Que pouvais-je faire d'autre devant une telle injustice? Je comprenais mieux comment la mort d'un enfant pouvait ébranler Justine à l'hôpital. Et je lui demandai un secours qu'elle ne me refusa pas. Mais c'était un combat presque désespéré, Justine me le confirma, et je vécus désormais dans la hantise d'apprendre la mort d'une enfant innocente qui m'avait donné sa confiance.

34

La neige retomba et tint au sol pendant huit jours, en un tapis gelé que les pattes d'oiseaux ne griffaient même plus. Le ciel projetait sur le plateau un immense éclat de verre, où se reflétaient les murs et les toits comme dans un miroir. Le car scolaire ne passa plus et je n'eus que cinq élèves pendant une semaine : Anaëlle, Zoé, Hugo, Estéban et Tom. Les récréations furent l'occasion de glissades et de batailles de boules de neige qui se terminaient par un rassemblement devant le poêle que j'avais remis en service, comme l'année précédente. Les heures de classe, elles, s'écoulèrent dans une paix que l'odeur du bois brûlé rendait plus profonde, et comme adoucie par le manteau blanc visible à travers les fenêtres. Je regagnais le soir l'appartement comme on gagne un refuge sûr à l'écart des tempêtes, et j'appréciais ces heures lentes qui m'isolaient du temps et des soucis.

Virginie m'apprit alors que sur la demande expresse de Rose, c'était elle qui avait monté un dossier pour devenir famille d'accueil. Elle était divorcée et n'avait pas d'enfants. Comme pour Rose, ses enfants, c'étaient ceux de l'école, et plus particulièrement, en ce qui la concernait, ceux qui fréquentaient la cantine. Elle attendait un représentant du service de la protection de l'enfance qui était chargé d'une enquête à son sujet, afin d'accorder ou non un agrément. Je compris qu'elle n'avait pu refuser ce service à Rose, mais elle n'était pas persuadée qu'il aboutirait.

— Et pourquoi n'aboutirait-il pas ? lui demandai-je le jour où elle m'en fit part.

— Je vis seule depuis mon divorce, me répondit-elle. Je n'ai pas de vraie famille.

— Vous avez déjà connu des enfants difficiles : rappelez-vous Enzo ! Vous avez de l'expérience en ce domaine.

— Ce n'est pas le problème. Moi, un enfant pareil, ça ne me fait pas peur, mais encore une fois : je vis seule.

— Ne vous inquiétez pas : Rose interviendra s'il le faut, lui dis-je pour la rassurer.

Mais je n'étais pas certain qu'un refus de son dossier la contrarierait vraiment.

Après la neige, il y eut de magnifiques journées, mais très froides, sous un ciel sans nuages. Les arbres se mirent à resplendir comme des lustres d'église dont les candélabres ne fondaient pas, même en milieu d'après-midi. Je conduisis deux fois les enfants dans la forêt, et leurs cris brisèrent joyeusement le silence de ces journées figées comme une banquise. Ils ne semblaient pas en souffrir, au contraire : ils y étaient habitués et prenaient toujours autant de plaisir à fuir la salle de classe, comme si le temps suspendu par le gel et la glace suspendait également les obligations de la vie ordinaire.

Malheureusement, les vacances du milieu du mois me renvoyèrent à la solitude que les SMS de Justine ne peuplaient pas assez à mon goût. Elle me répondait, mais je ne parvenais plus à comprendre dans quelles dispositions d'esprit elle se trouvait vis-à-vis de moi. Le matin, je devais effacer de la main les dentelles du gel sur les vitres de l'appartement dont le chauffage ne fonctionnait pas normalement. J'avais renoncé à en parler à Rose qui avait d'autres soucis. Et ce fut au cours d'une matinée glaciale qu'une visite que je n'attendais plus me surprit agréablement : Gabriel sonna à ma porte, éclatant de santé, grandi de dix centimètres, insensible au froid, toujours aussi à l'aise dans son naturel invincible. Il me souriait, comme ce premier jour où je l'avais découvert dans la cour de l'école.

— Est-ce que je vous dérange ? me demanda-t-il.

— Pas du tout. Au contraire : ça me fait plaisir de te voir.

Je le fis asseoir, lui proposai du café ou quelque chose de chaud, mais il repoussa cette offre en disant :

— Je préférerais aller dans la salle de classe.

— Il y fait froid, tu sais.

— Ça ne fait rien ; j'y étais si bien !

— Comme tu voudras.

Il manifesta le désir de rallumer le poêle, comme il le faisait souvent à cette époque de l'année, et il s'y employa avec la dextérité de ceux qui connaissent les secrets du feu. Cela fait, il demeura debout près de la source de chaleur et de l'odeur délicieuse des bûches de chêne, tandis que je m'asseyais sur une table, face à lui.

— Alors ? lui dis-je. Comment ça se passe ?

— Je m'ennuie au collège. Rien ne m'intéresse.

C'était la première fois que je découvrais une ombre sur son visage.

— Il faut être patient, dis-je. Dans quelques années tu pourras faire ce que tu voudras.

— Pourquoi pas aujourd'hui ?

— L'école est obligatoire, tu le sais bien.

— Je n'ai pas le temps.

— Bien sûr que si ! Tu es jeune. Tu as toute la vie devant toi.

— Je ne veux pas perdre de temps. Je suis pressé.

Je fus stupéfait par cette affirmation qui démontrait, une fois de plus, une maturité un peu inquiétante.

— On ne perd rien quand on apprend, dis-je – un peu trop sentencieux sans doute.

Il me dévisagea d'un air apitoyé, comme si je venais de prononcer une banalité consternante.

— Ça dépend de ce qu'on apprend ! répondit-il. Que voulez-vous que je fasse de Louis XI ou de François Iᵉʳ ? Pendant ce temps il y a des arbres qui meurent. On a mieux à faire aujourd'hui que de se soucier du désastre de Pavie !

— Les forêts d'ici sont en bonne santé, dis-je. La sécheresse ne les menace pas.

— Pas encore, mais c'est pour bientôt.

Il paraissait contrarié par mon inconscience d'un péril à ses yeux imminent.

— Je suis venu vous demander de m'aider à quitter le collège ! reprit-il brusquement.

— C'est impossible, Gabriel.

— Rien n'est impossible !

Il était campé sur ses positions avec une force inquiétante. Je tentai pourtant de négocier en disant :

— Tu ne peux entrer à l'école forestière de Meyrignac qu'après la classe de troisième.

— Aidez-moi à y entrer avant ! Il doit exister des dérogations.

— Tu n'es qu'en sixième ! Ce n'est pas possible.

Il eut un soupir d'exaspération, puis il murmura :

— Alors vous ne voulez pas m'aider ?

— Je t'aide en te disant ce qui est possible ou pas.
Son visage se ferma, il répondit :

— J'avais confiance en vous. Je croyais que vous seriez capable de me comprendre.

— Je comprends ton impatience, mais il faut être raisonnable.

— Je n'ai pas envie d'être raisonnable.

— Il le faut, pourtant.

Il me défia du regard, avec une sorte de pitié qui me transperça.

— Non ! Moi je ne veux pas !

Et avant même que j'aie eu le temps de répondre, il passa devant moi, marcha d'un pas résolu vers la porte et s'enfuit sans se retourner.

Je restai là un moment, accablé par mon impuissance, puis je remontai dans l'appartement où il me fut impossible de travailler toute la journée. Ce garçon avait placé toute sa confiance en moi et je l'avais déçu. Sans doute ne le reverrais-je jamais. Voilà quelles pensées occupèrent ces heures de vacances que les nuages de neige, de nouveau, bientôt, obscurcirent. Elle me fit quand même la faveur de s'arrêter deux jours avant la rentrée, ce qui me permit de retrouver tous les enfants, à l'exception de Lily.

Ce matin-là, Zoé me demanda dès l'entrée en classe pourquoi son amie n'était pas revenue.

— Elle se soigne, tu le sais bien, dis-je, pressé de couper court.

— Vous n'avez pas de nouvelles ?

— Elle nous reviendra avec le printemps, comme les hirondelles, dis-je en m'efforçant de sourire.

Mais ce trait d'humour tomba à plat, et il me sembla que la plupart des enfants connaissaient la vérité, sans vouloir se l'avouer. Et très lâchement je changeai de sujet, afin de ne pas avoir à trahir mon pessimisme quant à la santé de Lily.

Ce mois de février-là fut une période grise que les rafales du vent du nord et les nuages couleur ardoise assombrirent davantage. Heureusement, la mère de Lily me téléphona pour m'apprendre qu'elle était sortie de l'hôpital, et qu'elle semblait aller mieux. En outre, Lily, qui devait se reposer, avait une requête qui lui tenait à cœur : elle me demandait, par l'intermédiaire de sa mère, si je pouvais venir la voir de temps en temps. Le moment de surprise passé, j'acceptai sans mesurer les risques que je prenais, mais c'était bien le moins que je pouvais faire pour cette enfant qui avait confiance en moi.

À partir de ce jour, donc, je pris l'habitude, une fois par semaine, de porter à Lily les feuilles d'exercices et de lui résumer les leçons que j'avais délivrées à ses camarades. Je compris très vite qu'elle m'attendait et que je ne devais surtout pas faillir à cette mission.

Ses parents me manifestèrent une reconnaissance qui me mit mal à l'aise, car son père me proposa de payer l'heure passée auprès de sa fille. Il n'était évidemment pas question pour moi d'accepter. Si cette démarche sortait du cadre de mes attributions, je la trouvais naturelle, et je me fis fort – malgré l'appréhension qui me saisissait au moment d'entrer dans la chambre où m'attendait Lily – de ne jamais l'oublier.

Elle ne put regagner l'école à la rentrée de février : elle était encore trop faible. Ce serait donc pour Pâques, si tout allait bien. J'en informai ses camarades un lundi matin et, s'ils parurent déçus, ils ne manifestèrent aucune inquiétude. Ils me faisaient confiance, d'autant que je leur donnai des nouvelles plus précises le lendemain de ma visite à la petite malade, dont je finis par comprendre que j'étais devenu un soutien essentiel. Je m'en inquiétai aussitôt, doutant de l'importance de ce petit secours, mais comment faire marche arrière aujourd'hui ? C'était évidemment impossible, et je continuai donc cette mission que je m'étais imposée en me demandant si je serais capable de l'assumer jusqu'au bout si les choses tournaient mal.

35

J'attendis impatiemment le printemps en essayant de bâtir des projets pour les beaux jours, sans trop accorder d'importance à la mine inquiète de Rose, qui, se sentant seule dans le combat farouche qu'elle menait, venait me voir souvent pour me tenir au courant. Les repreneurs du commerce et de la maison des Bassaler n'avaient pu obtenir de prêt du Crédit agricole. Rose s'efforçait de convaincre les propriétaires de vendre seulement le fonds et de louer les murs aux nouveaux arrivants. Mais les Bassaler avaient besoin d'argent pour acheter une petite maison dans la banlieue de la ville où vivait l'un de leurs enfants. Rose avait accepté de se porter caution pour les nouveaux arrivants auprès de la banque, mais celle-ci avait refusé. J'en conclus que son entreprise allait très mal, mais je n'y fis aucune allusion.

— Le notaire pressenti a contacté un courtier et l'a chargé de trouver une autre banque pour essayer d'obtenir un prêt à des conditions acceptables, me confia Rose en conclusion. Ça devrait pouvoir marcher.

— Et le dossier de Virginie, où en est-il ?

— L'enquête suit son cours. On aura une décision

au plus tard en avril, ce qui laisse le temps de trouver un enfant à accueillir.

Son courage et son abnégation creusaient sur son visage des sillons qui trahissaient sa fatigue. Elle connaissait des moments d'épuisement auxquels succédaient des moments d'euphorie d'où la raison était absente. Elle me faisait peur. Heureusement, dans cette situation morose, le mois de mars nous épargna ses giboulées et nous fit le présent inattendu de belles journées que je mis à profit pour emmener les enfants dans la forêt.

Les premiers bourgeons pointaient sur les feuillus et bientôt les premières fleurs blanches apparurent, dessinant comme chaque printemps des îlots clairs parmi le vert sombre des conifères. Le temps demeura clément grâce au vent d'ouest qui avait succédé au vent du nord. L'année basculait déjà vers les beaux jours, sans doute en raison du réchauffement climatique qui se faisait sentir jusque sur ces hautes terres à l'écart du monde, et que l'on aurait pu croire préservées. Manifestement elles ne l'étaient pas. Et ce beau temps, trop sec pour le plateau, dura tout le mois, jusqu'aux vacances de Pâques.

J'appris alors de Rose que Gabriel s'était enfui du collège. Son père l'avait cherché trois jours et trois nuits et l'avait trouvé dans une cabane au fond des bois.

— Il a refusé de regagner le collège, me confia Rose. Finalement, il a accepté de rentrer chez lui à condition de suivre les cours du CNED : le Centre national d'éducation à distance.

Je m'en voulus de n'avoir pas songé à cette solution.

Cet enfant n'accepterait jamais de faire la moindre concession à une liberté dont il était fou. J'avais compris dès le premier jour où je l'avais rencontré qu'il se suffisait à lui-même et qu'il n'avait besoin de personne, sinon de celles et ceux qu'il choisissait. Il ne tolérerait pas que quelqu'un tente de peser sur sa vie dont il avait jugé, une bonne fois pour toutes, qu'il en déciderait seul, envers et contre tous si nécessaire.

Le lendemain soir, portant toujours les leçons et les devoirs à Lily, j'appris de sa mère qu'elle allait de mieux en mieux et qu'elle allait pouvoir revenir à l'école. Lily me le confirma et, malgré la pâleur des joues de cette enfant si attachante, j'en conçus un immense soulagement.

— Lundi prochain, me dit-elle avec un grand sourire.

— Quand tu voudras.

Elle reprit, se redressant sur son oreiller :

— Mais j'aimais bien vous voir chez moi. Je vous avais tout à moi.

Avais-je eu une part de responsabilité dans cette rémission ? Peut-être. En tout cas je me sentis délivré d'un poids immense, car comment pouvoir annoncer à des enfants qu'un des leurs venait de mourir ? J'en aurais été bien incapable. Je n'avais jamais été confronté à une mission d'une telle violence, et je m'étais juré, dès mon entrée dans la profession, de ne jamais faire souffrir les jeunes vies qui m'étaient confiées.

36

Ce printemps précoce, à la chaleur étonnante, s'épuisa à la fin du mois d'avril et laissa place à la pluie : une pluie fine et tiède qui s'entêta à lustrer les toits et la forêt comme pour se venger d'avoir été retardée. Cette grisaille soudaine parut assombrir également les projets de Rose. Elle luttait pour les faire aboutir avant la décision qu'elle redoutait, mais les obstacles s'accumulaient : Virginie n'avait pas obtenu l'agrément qu'elle avait sollicité, l'enquêteur ayant conclu que les enfants en grande difficulté devaient pouvoir s'appuyer sur une vraie famille d'accueil, c'est-à-dire un père et une mère. Selon son rapport, l'autorité d'un homme était indispensable pour maîtriser des jeunes qui, souvent, avaient connu la violence et, la trouvant naturelle, l'exerçaient parfois contre leurs proches. Ses conclusions étaient catégoriques : une femme seule ne pouvait pas être considérée comme une famille d'accueil.

— Avec les successeurs des Bassaler qui ont trois enfants, me dit Rose, on devrait quand même passer le cap des quinze élèves.

— Ils auront une réponse définitive quand ?

— Le 15 avril au plus tard. Je me suis de nouveau portée caution pour eux. Selon le courtier qui a contacté une banque d'affaires avec qui il a l'habitude de travailler, ça devrait suffire.

Je ne pus m'empêcher de demander :

— Et vous, Rose, comment ça va ?

Elle hésita un peu, finit par avouer :

— Tout va bien. Quand c'est nécessaire, je vends une parcelle de forêt pour éviter de payer trop d'agios.

Je me doutais qu'elle était entrée dans une spirale financière dangereuse, mais pas à ce point-là. Cet aveu, je compris qu'elle avait besoin de le livrer à quelqu'un en qui elle avait confiance. Pour en partager la gravité, certes, et ne plus en porter seule le poids écrasant, mais aussi pour me montrer à quel point elle était capable de s'engager. Et cet engagement l'épuisait, si bien que les stigmates de son immense fatigue m'inquiétaient de plus en plus. Je me mis donc à attendre la date fatidique du 15 avril, en évitant toutefois de l'évoquer chaque fois que nous nous rencontrions.

Des nouvelles de Léa et de Maélis, obtenues grâce à Marilyne lors d'un conseil des maîtres, m'aidèrent à oublier un peu l'épée de Damoclès suspendue au-dessus de l'école de Rose, devenue la mienne. La première s'était acclimatée à l'ULIS de Sédières, mais Maélis, elle, n'avait pu supporter la cohabitation des enfants de l'école privée où ses parents l'avaient inscrite en ville. Elle avait rejoint Léa à Sédières, dans l'unité spécialisée pour enfants en grande difficulté. Elle souffrait toujours de la présence des autres, d'autant que ses troubles autistiques s'étaient aggravés en ville, mais elle n'était pas entrée dans un institut médico-éducatif où les enfants préssentaient des handicaps beaucoup plus importants. Peut-être parviendrait-elle ainsi, me disais-je, à surmonter les troubles qui l'accablaient.

Justine, elle, s'enquérait du sort de mon école chaque fois qu'elle communiquait avec moi – le plus souvent par SMS. J'avais l'impression qu'elle n'avait pas complètement renoncé à ce qui avait été une histoire heureuse. Mais j'étais encore une fois pris dans un étau dont je ne pouvais pas me libérer : je ne retrouverais Justine qu'avec la défaite de Rose, et il m'était interdit de la souhaiter. J'avais beau faire, les mâchoires de cet étau ne se desserraient pas.

Le sort allait se jouer avec la décision de la banque trouvée par le courtier, que je me mis à redouter comme si j'allais moi aussi en être une victime. Les dés furent jetés le 14 avril au soir, quand j'entendis le Range de Rose se garer devant la fenêtre de la salle de classe. Et ce soir-là, les portes du quatre-quatre mirent longtemps à s'ouvrir.

Quand elle apparut dans la salle de classe, Rose était livide et elle dut s'appuyer précipitamment contre le mur. Avant même qu'elle ne parle, je savais ce qu'elle allait me dire :

— Le prêt a été refusé.

Nulle larme ne faisait briller ses joues. Elle avait les mâchoires serrées, elle tremblait un peu, et ses yeux jetaient des éclairs de colère.

— Vous devriez vous asseoir, dis-je.

J'eus l'impression qu'elle ne m'entendait pas.

— Asseyez-vous, Rose, s'il vous plaît.

Je lui pris le bras et la conduisis vers un banc sur lequel elle se faufila grâce à sa petite taille. Elle ressemblait à une élève un peu trop grande, et qui venait de subir une injuste punition.

— Dites-moi, Nicolas, murmura-t-elle, croyez-vous possible que tout s'arrête comme ça ?

— Non ! répondis-je. Bien sûr que non !

Elle leva sur moi un regard plein de reconnaissance, me prit les mains, les serra dans les siennes avec une force terrible, et elle me dit :

— Vous avez raison : ce n'est pas possible. La commission n'a pas encore statué. Dès ce soir, je vais écrire une lettre au préfet en menaçant de démissionner.

Et elle ajouta, soudain revigorée :

— Et tout le conseil municipal avec moi.

Elle se dressa d'un bond, comme si elle avait en quelques secondes retrouvé des forces, et lança :

— Je vais chercher d'autres repreneurs !

Où cette femme d'apparence si frêle puisait-elle donc son énergie ? La manière dont elle se rétablissait était extraordinaire, je l'avais déjà remarqué, mais ce soir-là elle m'étonnait encore : son visage venait de changer, elle ne tremblait plus, et une nouvelle détermination l'habitait.

— Je vais de ce pas chez mon premier adjoint, et je convoquerai demain une réunion du conseil municipal.

Elle me remercia et s'en alla, me laissant seul au milieu de la classe, tandis que je me demandais si elle allait pouvoir résister à l'épreuve qui l'attendait. Car que pesait la démission d'un maire et d'un conseil

municipal face aux conséquences d'une politique défi-
nie dans un ministère ? Que représentait la centaine
de voix des habitants d'un village perdu dans des élections nationales ou départementales ? Rien du tout. Je
le savais, et Rose aussi, mais elle feignait de l'ignorer.

Ensuite, tout alla très vite : elle envoya sa lettre à
laquelle le préfet ne répondit même pas. Dix jours
plus tard, une commission à laquelle Rose ne fut pas
conviée décida que Saint-Paul devenait le siège d'un
regroupement pédagogique intercommunal concen-
tré, et que l'école de Saint-Julien allait fermer. Ce fut
Marilyne qui m'annonça la nouvelle par téléphone,
et ce soir-là, Rose n'apparut pas. Je passai la soirée à
errer dans la salle de classe et dans la cour que j'imaginais bientôt désertées, avec un serrement de cœur
douloureux.

37

J'appris le lendemain que Rose avait passé la soirée à visiter ses administrés afin d'organiser l'occupation de l'école où les élèves, ce matin-là, me demandèrent s'il était vrai qu'elle allait fermer :

— Ce n'est pas encore sûr, leur dis-je.

— Mais si elle ferme, où irons-nous ?

— À Saint-Paul. Ce n'est pas grave pour vous, puisque vous en venez.

— Et vous, m'sieur ? Vous allez nous suivre ?

— Je ne crois pas.

— Pourquoi ?

— Ce n'est pas moi qui décide des affectations.

— Où irez-vous, alors ?

— Je ne sais pas.

— Vous n'avez pas le droit de choisir ?

— Non ! Je peux seulement émettre des souhaits.

Une semaine s'écoula avant que Rose se décide à passer à l'action. C'était un lundi, et elle m'avait prévenu la veille en me disant :

— Vous ne pourrez pas faire la classe demain. Nous allons occuper la salle. Si vous le voulez bien, vous surveillerez les enfants dans la cour.

Je lui fis observer qu'elle me plaçait dans une situation indéfendable vis-à-vis de mes supérieurs.

— Je sais, me répondit-elle. Je suis désolée, Nicolas, mais je ne peux pas faire autrement !

Elle avait convoqué la presse et la télévision régionale dont les journalistes arrivèrent vers dix heures. Ils entrèrent dans la salle de classe occupée sous le regard ébahi des enfants que je retenais dans la cour, comme Rose me l'avait demandé. Ils nous filmèrent à leur sortie, mais je refusai d'être interviewé. Je savais que prendre ouvertement le parti de cette occupation ne me serait pas pardonné. Je prévins alors l'inspecteur, comme c'était mon devoir.

À midi, les élèves déjeunèrent à la cantine, comme d'habitude, mais quand ils repartirent le soir par le bus scolaire, Rose leur annonça qu'il n'y aurait pas classe non plus le lendemain. Je compris alors qu'elle avait décidé de continuer à occuper les locaux tant qu'une décision favorable à Saint-Julien ne serait pas intervenue. Effectivement, elle avait établi un tour de rôle entre les habitants, quelques parents d'élèves et ses conseillers municipaux, de manière qu'il y ait toujours quelqu'un dans la salle de classe, même la nuit. Ils étaient ravitaillés à midi et le soir, et mangeaient sur les tables abandonnées par les enfants contraints de rester chez eux.

Le lendemain, je fus convoqué par l'inspecteur, et je partis le matin de bonne heure sous un ciel d'un bleu lumineux qui me donna l'envie de retourner d'où je venais. Je m'arrêtai à deux reprises au bord de la route, sortis pour respirer l'air frais, avant de consentir à affronter une tempête dont je n'étais pas responsable. Et ce fut bien une tempête que j'essuyai dès mon entrée dans le bureau de l'inspecteur, furieux, qui me reprocha de me satisfaire de l'occupation de mon école.

— Non, monsieur, je ne suis pas satisfait ! lui dis-je. Mais je ne peux pas employer la force pour faire évacuer les locaux. Vous le pouvez, vous ?

— Il le faudra bien. On ne peut pas tolérer que l'école de la République soit prise en otage de cette manière. Vous êtes bien de cet avis, j'espère ?

— Mon métier, c'est de faire la classe à des enfants. Il faut donc pour cela que les locaux soient libres.

— C'était à vous d'empêcher qu'ils soient envahis !

— En me battant avec les habitants de Saint-Julien ?

Il parut s'apaiser, reprit :

— Vous avez manqué de discernement. Vous auriez dû prévenir votre hiérarchie du danger.

— Je n'assiste pas aux commissions qui prennent les décisions de fermer les écoles.

— Et vous croyez que nous le faisons par plaisir ?

— Je ne crois rien du tout. Je constate, c'est tout, et je constate aussi que ces décisions ont des conséquences que personne ne maîtrise.

Il me parut faire un effort sur lui-même avant de reprendre d'une voix plus calme :

— Je connais vos relations avec la maire de ce village. Essayez de la convaincre qu'elle s'est engagée dans une voie sans issue. Pensez à votre carrière à venir.

— J'essaierai, lui dis-je, conscient de la menace que portait cette recommandation.

— Je ne vous demande pas d'essayer, mais de réussir, conclut l'inspecteur en me raccompagnant jusqu'à la porte de son bureau.

Je repartis, furieux moi aussi, et m'arrêtai dans un chemin de la forêt où je me mis à marcher, le temps que les battements de mon cœur s'apaisent. De retour à Saint-Julien, je n'eus pas le courage de parler à Rose. Elle était comme transfigurée par le combat qu'elle menait et s'occupait de tout : des victuailles, des lits de camp pour la nuit, des couvertures, des bouteilles d'eau minérale, de l'organisation des tours de rôle, et je la voyais aller et venir, depuis la fenêtre de mon appartement, jetant de temps en temps un regard vers moi, comme pour m'appeler au secours.

Ce combat désespéré dura huit jours durant lesquels ses soldats, un à un, renoncèrent, convaincus de son inutilité. À la fin, elle dormait seule dans la salle de classe, et, un matin, ce furent les gendarmes qui vinrent la réveiller. Épuisée, elle n'eut aucun geste de défense et se laissa emmener au poste où elle fut relâchée le soir même, sur l'intervention du préfet. Je pus alors nettoyer la salle de classe où elle me rendit visite le lendemain, sans trouver la force de prononcer un mot.

— Vous avez vraiment fait tout ce qui était possible, Rose, lui dis-je. Vous ne pouvez pas vous en vouloir. C'était un combat inégal.

Elle ne me répondit pas, et son regard me fit peur. Elle observa un long moment la classe sans enfants, puis elle s'en alla errer dans la cour, comme étonnée de ne pas en apercevoir. Je la rejoignis et tentai de lui parler mais j'eus l'impression qu'elle ne m'entendait pas. Le lendemain, elle revint et regarda les enfants jouer pendant toute la durée de la récréation, puis elle disparut.

Trois jours plus tard, j'allai aux nouvelles chez les restaurateurs qui m'apprirent qu'elle avait dû s'aliter, mais qu'elle était de nouveau debout. En réalité, elle s'était relevée pour faire face aux difficultés financières qu'elle avait fuies un moment en espérant, peut-être, leur échapper. Elle prit alors l'habitude de venir me voir tous les soirs pour me demander conseil. Je lui en prodiguais volontiers, mais je n'étais pas suffisamment armé pour l'aider dans ce domaine et elle dut envisager de licencier les deux employés qu'elle avait embauchés. Finalement, elle y renonça, et elle recommença de se battre comme elle l'avait toujours fait, trouvant sans doute dans ce nouveau combat l'énergie nécessaire qu'elle ne savait puiser que dans l'adversité. Ainsi était construite cette frêle femme qui avait passé sa vie à lutter.

Les deux mois qui suivirent ne furent qu'une lente plongée vers l'inéluctable, c'est-à-dire l'absence définitive de cris et de rires d'enfants dans la cour de l'école où Lily partageait leurs jeux sans paraître en souffrir. Je leur fis mes adieux à la fin du mois de juin, prononçant les mots d'espoir et de confiance que j'avais l'habitude d'employer lors de ces séparations toujours aussi douloureuses. Ainsi s'éloignèrent Zoé, Samia, Anaëlle, Louis, Gaspard, Lily, Hugo, et ceux du CM2 avec qui je vivais depuis deux années. Le dernier soir, je les accompagnai jusqu'au bus scolaire et les regardai partir avec la sensation que je ne les reverrais jamais.

Dès le lendemain, un silence oppressant se mit à

régner sur ces lieux désormais abandonnés de tous, mais que je ne me décidais pas à quitter. Rose, qui n'avait pas voulu être présente la veille lors du départ du bus scolaire, vint me voir en fin de matinée. Elle était pâle, mais elle se consacrait à son travail tant bien que mal. Nous ne rentrâmes pas dans la salle de classe et nous restâmes dans la cour, discutant de choses et d'autres, comme si plus rien n'avait d'importance, et en évitant d'évoquer le silence qui nous accablait.

Ensuite, je la raccompagnai jusqu'à sa voiture, sur le parking qui faisait face au magnifique bâtiment de pierres roses où figurait la mention « ÉCOLE DE FILLES ET DE GARÇONS. RÉPUBLIQUE FRANÇAISE. 1886 ». C'est alors que, peu avant de monter dans son Range Rover, Rose me dit :

— Regardez-la ! Avec ses pierres de granit rose, elle était faite pour durer mille ans, et aujourd'hui elle ne servira plus à personne.

Je n'eus pas la force de répondre. Elle soupira, murmura :

— Je l'ai tant aimée, cette école !

— Moi aussi, Rose ! J'y ai vécu vraiment de beaux jours, dis-je, désireux de sceller avec elle une indéfectible alliance au-delà de ce douloureux instant.

Je compris que ces quelques mots lui faisaient du bien. Elle sourit, m'embrassa, monta dans son Range, me jeta un dernier regard où se lisait toute la tristesse du monde, puis elle s'en alla.

Je ne la revis jamais vivante.

38

J'écris ces pages quelques années plus tard, afin de témoigner de ce que nous réserve cette époque où le sens des choses et du temps nous échappe souvent. La Troisième République avait construit en pierre des édifices faits pour durer, où des enfants apprendraient à lire, à écrire et à compter au cœur des murs épais bâtis pour défier les siècles. Aujourd'hui, beaucoup de ces bastions sont vides, et rien ne remplacera les cris de joie dans les cours de récréation et les récitations déclamées dans les salles de classe. Ils se font entendre désormais ailleurs, dans les banlieues des villes où j'ai échoué, moi aussi, comme tant d'autres, abandonnant les lieux condamnés par la civilisation contemporaine où ce ne sont plus la morale et les idées qui gouvernent le monde, mais des lois économiques impossibles à combattre, même pour les plus forts, qui finissent toujours par succomber.

J'y vis avec la certitude d'avoir perdu un îlot à l'écart des tempêtes du monde, loin de la magnifique splendeur des automnes, des hivers blancs évocateurs pour moi de la paix éternelle, des printemps étincelant d'une lumière neuve, des somptueux étés qui savent rester frais même sous la canicule. C'étaient de beaux jours. Je n'en avais pas réellement pris conscience, mais désormais je ne peux pas me le cacher. Et je sais qu'il me faudra les retrouver pour ne pas rompre définitivement ce lien essentiel avec la terre qui nous porte, ses mystères et ses secrets, la force qu'elle nous insuffle à seulement s'allonger sur elle, respirer ses parfums d'humus frais, approcher sa sagesse séculaire dont la mémoire demeure présente en nous en un germe qui, lui, se souvient, et ne mourra jamais.

En attendant ce jour auquel je ne peux m'empêcher de rêver, j'enseigne aujourd'hui dans un préfabriqué d'une zone d'éducation prioritaire, dans une banlieue de la ville où j'ai rejoint Justine enfin rendue à des sentiments plus indulgents à mon égard : la nouvelle de mon affectation au chef-lieu a finalement ranimé un feu que je croyais éteint. En réalité, les braises en rougeoyaient toujours, et il a suffi d'une rencontre sur un trottoir de la ville pour les raviver, alors que je ne l'espérais plus.

— Tiens ! Un homme des bois ! a-t-elle lancé en me croisant.

Et, comme je demeurais muet, paralysé face à cette apparition :

— Aurait-il par hasard quitté ses grottes et sa forêt ?

— On dirait.

— Va-t-il enfin accepter les turpitudes de la civilisation moderne ?

— S'il n'est pas seul, peut-être.

Elle a souri, murmuré :

— Que dois-je comprendre, Nicolas ?

— Qu'on est plus fort à deux, sans doute.

230

Elle a conclu en m'embrassant :

— On peut essayer ! Qui sait ? Les hommes de Néandertal ont bien évolué, eux !

Les jeunes femmes d'aujourd'hui bâtissent leur vie selon des critères qui n'appartiennent qu'à elles. J'ai mis du temps à le comprendre, croyant naïvement que les concessions ne coûtent rien à celles ou ceux qui les consentent.

Six mois après mon départ de Saint-Julien, un soir, j'ai appris par téléphone la disparition de Rose, écrasée par l'un de ces arbres qu'elle aimait tant. Passé le choc de cette nouvelle, je suis remonté là-haut pour lui adresser un dernier adieu et interroger les témoins, en l'occurrence l'un des forestiers qui se trouvait sur les lieux. Il ne croyait pas à un suicide. Ce n'était qu'un accident, même si, depuis quelque temps, me dit-il, elle avait la tête « ailleurs » à cause de ses difficultés financières.

— Elle ne parlait plus, précisa-t-il. On avait l'impression qu'elle ne nous voyait plus.

Et il a ajouté, avec un soupir :

— Quand même, sous un arbre, si c'est pas malheureux !

J'ai accompagné Rose dans le petit cimetière de Saint-Julien, où elle repose près de son mari disparu à trente ans. Il y avait là tous les habitants du village, mais aussi des gens des villages alentour, inconnus de moi. Le président du conseil général a fait un bref discours, louant le dévouement de Rose à la « chose publique ». Il m'a demandé si je voulais dire quelques mots, mais j'ai refusé. En avais-je le droit ? Avais-je été assez fort, assez présent pour elle ? Je ne savais plus, soudain, et il me sembla que moi aussi je l'avais abandonnée.

À la sortie, je me suis arrêté devant l'école silencieuse où j'avais vécu pendant trois ans – trois années qui auront compté dans ma vie plus que je n'aurais pu l'imaginer. Je suis allé marcher dans la cour et j'ai fermé les yeux en entendant des cris de joie qui pourtant s'étaient tus, transporté dans un rêve éveillé d'une étrange douceur. Je les ai tous revus, ces enfants à qui j'avais consacré mon énergie : Gabriel le prince libre, Léa, Maélis, Clara l'artiste, Clément, Enzo, Célia, Lola la fugueuse, Marcel l'enfant martyr, Emma, Tiphanie, Lou, Estéban, Samia, Hugo, Louis, Gaspard, Lily l'enfant miraculée, tous les autres – tous ceux qui continueraient de hanter mes souvenirs pour quelques instants de bonheur impérissable.

Ensuite, je suis entré dans la salle de classe déserte, je me suis assis un moment au bureau, face aux bancs vides, atrocement silencieux, et je n'ai pas pu m'y attarder plus d'une minute. Je me suis enfui pour retrouver Justine qui vit près de moi, aujourd'hui, dans un bel appartement « design » en centre-ville, et nous ne sommes pas deux, mais trois. Elle est tombée enceinte un mois après nos retrouvailles, et elle m'a dit en m'apprenant la nouvelle, toujours aussi taquine :

— Avec un peu de chance, peut-être qu'il ne ressemblera pas à un homme des bois.

Je n'ai pas répondu à ce trait d'esprit qui réveillait en moi une blessure qui ne cicatrise pas. Rien ne sert de ressasser un passé dont nous avons souffert tous les deux. D'autant qu'au terme d'une grossesse sans problème et qu'elle a bien vécue, Justine a accouché d'un garçon qui lui ressemble étonnamment. Aussi ai-je dû négocier pour pouvoir lui donner le prénom auquel je tenais :

Il s'appelle Gabriel.

Du même auteur

aux Éditions Albin Michel :

LES VIGNES DE SAINTE-COLOMBE :
    1. Les Vignes de Sainte-Colombe (Grand Prix des lecteurs du Livre de Poche), 1996.
    2. La Lumière des collines (Prix des Maisons de la Presse), 1997.

BONHEUR D'ENFANCE, 1996.

LA PROMESSE DES SOURCES, 1998, adapté à la télévision par Charles Nemes sous le titre *La Clef des champs* en 1998.

BLEUS SONT LES ÉTÉS, 1998.

LES CHÊNES D'OR, 1999.

CE QUE VIVENT LES HOMMES :
    1. Les Noëls blancs, 2000.
    2. Les Printemps de ce monde, 2001.

UNE ANNÉE DE NEIGE, 2002.

CETTE VIE OU CELLE D'APRÈS, 2003.

LA GRANDE ÎLE, 2004.

LES VRAIS BONHEURS, 2005.

LES MESSIEURS DE GRANDVAL :
1. Les Messieurs de Grandval (Grand Prix de littérature populaire de la Société des gens de lettres), 2005.
2. Les Dames de la Ferrière, 2006.

UN MATIN SUR LA TERRE (Prix Claude-Farrère des écrivains combattants), 2007.

C'ÉTAIT NOS FAMILLES :
1. Ils rêvaient des dimanches, 2008.
2. Pourquoi le ciel est bleu, 2009.

UNE SI BELLE ÉCOLE (Prix Sivet de l'Académie française et prix Mémoires d'Oc), 2010.

AU CŒUR DES FORÊTS (Prix Maurice-Genevoix), 2011.

LES ENFANTS DES JUSTES (Prix Solidarité-Harmonies mutuelles), 2012, adapté à la télévision par Fabien Ontoniente en 2022.

TOUT L'AMOUR DE NOS PÈRES, 2013.

UNE VIE DE LUMIÈRE ET DE VENT, 2014.

ENFANTS DE GARONNE :
1. Nos si beaux rêves de jeunesse, 2015.
2. Se souvenir des jours de fête, 2016.

DANS LA PAIX DES SAISONS, 2016.

LA VIE EN SON ROYAUME, 2017.

L'ÉTÉ DE NOS VINGT ANS, 2018.

MÊME LES ARBRES S'EN SOUVIENNENT, 2019.

SUR LA TERRE COMME AU CIEL, 2020.

LÀ OÙ VIVENT LES HOMMES, 2021.

UNE FAMILLE FRANÇAISE, 2023.

aux Éditions Robert Laffont :

Les Cailloux bleus, 1984.

Les Menthes sauvages (Prix Eugène-Le-Roy), 1985.

Les Chemins d'étoiles, 1987.

Les amandiers fleurissaient rouge, 1988.

La Rivière Espérance, adapté à la télévision par Josée Dayan en 1995 :
  1. La Rivière Espérance (Prix La Vie-Terre de France), 1990.
  2. Le Royaume du fleuve (Prix littéraire du Rotary International), 1991.
  3. L'Âme de la vallée, 1993.

L'Enfant des terres blondes, 1994, adapté à la télévision par Edouard Niermans, Ours d'or au festival de Berlin en 1997.

Les Chemins d'étoiles, 1994.

Le Pays bleu, 2006.

Marie, Adeline, Antonin, 2010.

aux Éditions Seghers :

Antonin, paysan du Causse, 1986.

Marie des Brebis, 1986.

Adeline en Périgord, 1992.

albums :

Le Lot que j'aime, Éditions des Trois Épis, Brive, 1994.

Dordogne, voir couler ensemble et les eaux et les jours, Éditions Robert Laffont, 1995.

Une si belle école, Éditions Albin Michel, 2014.

Christian Signol

est au Livre de Poche

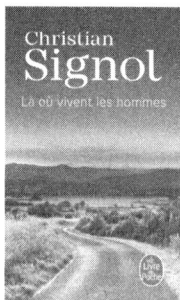
Christian Signol — Là où vivent les hommes

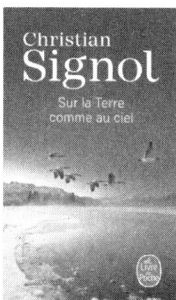
Christian Signol — Sur la Terre comme au ciel

Christian Signol — Même les arbres s'en souviennent

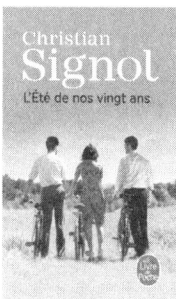
Christian Signol — L'Été de nos vingt ans

Christian Signol — La Vie en son royaume

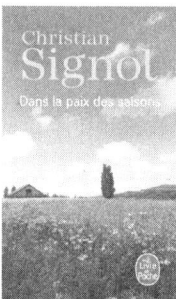
Christian Signol — Dans la paix des saisons

Le Livre de Poche s'engage pour
l'environnement en réduisant
l'empreinte carbone de ses livres.
Celle de cet exemplaire est de :
200 g éq. CO_2
Rendez-vous sur
www.livredepoche-durable.fr

PAPIER CERTIFIÉ

Composition réalisée par MAURY-IMPRIMEUR

Achevé d'imprimer en mai 2024 en Italie par
GRAFICA VENETA
Dépôt légal 1re publication : juin 2024
LIBRAIRIE GÉNÉRALE FRANÇAISE
21, rue du Montparnasse – 75298 Paris Cedex 06